La fabrication d'un mensonge

AUDREY
DIWAN

La fabrication d'un mensonge

J'AI LU

NOUVELLE
GENERATION

À Caroline de Maigret,
Fatou Biramah et Jennifer Diwan.

« *Everything I get attached to is just about to disappear.* »

Tacita Dean

Les premiers symptômes sont apparus très tôt. Mes ongles sont devenus rouges, un rouge vif de supermarché, légèrement écaillés au bout, comme ceux des putes ou des femmes de ménage. Comme les siens surtout. Chez elle, ce laisser-aller était une revendication. Elle s'était accordé le droit de snober ces détails sans importance. Qu'on l'envie ou qu'on la haïsse, elle se moquait pas mal des regards posés sur elle. De toute façon, le monde, elle le tenait entre ses longues mains. Logé au creux de sa paume comme une bille de verre. Elle aurait pu jouer avec ou l'oublier dans un fond de poche. Qui aurait osé lui en faire le reproche ? Moi, je n'ai même pas eu le temps de me méfier, perdue dans la valse des catastrophes qu'elle provoquait tous les jours avec une rigueur maniaque. Je me suis jetée dans ses griffes avec une certaine allégresse.

1

Si j'avais eu un peu d'intuition, je ne serais jamais entrée dans cette boutique au néon clignotant, un néon qui hoquetait fièrement *Mariage 2000*. Je l'avais choisie au hasard, un soir où je descendais le boulevard Magenta. J'avais repéré de loin sa grande enseigne rose et son offre imbattable sur la vitrine : « –20 % sur les voiles en mousseline ».

On approchait de l'été et mes parents m'invitaient à chercher un emploi pour les vacances. « Au lieu de méditer sur ton avenir à une terrasse de café, je te *propose* de trouver un petit boulot, histoire d'enrichir ton expérience. » C'est comme ça qu'elle l'avait dit, ma mère, en détachant bien des syllabes exaspérées et en donnant à son *propose* l'allure d'une menace terroriste.

À vingt-cinq ans, j'étais sur le point de boucler ma septième année d'études supérieures. Philosophie, ethnologie, histoire de l'art, je collectionnais les spécialisations qui ne menaient pas à la vie active et avais décidé de m'accorder une dernière tentative, en théologie cette fois, priant pour me trouver enfin une vocation. Mes parents y voyaient une stratégie inconsciente pour vivre à leurs crochets. Moi, j'y voyais une stratégie consciente pour prolonger cet état de désœuvrement qui m'allait plutôt bien au teint. Mais je sentais que l'arnaque ne durerait pas éternellement. Et, pour ne pas avoir l'air de m'opposer à leur volonté comme une adolescente rebelle et attardée, une fois par an, je me dégotais ce fameux job d'été. Quand j'ai vu sur la vitrine de *Mariage 2000* la petite note, « Recherche personnel urgent », je n'ai pas pu résister.

Je ne pouvais pas deviner que ce néon me faisait comme des appels de phare, une incitation à la méfiance, « Vous devriez ralentir ou passer carrément votre chemin. » Non. La nuit tombait sur le bitume du boulevard Magenta. Je me suis enfournée dans la boutique le cœur léger et un petit grelot amical a tinté au-dessus de ma tête. La pièce couverte de velours crème ressemblait à un vieux bordel sympathique. Même l'odeur, un dangereux mélange de patchouli et de bombe antitabac renforçait cette impression. Un peu partout, des mannequins de plastique, sourires éternels et brushing poussiéreux, tenaient la pose : la vie est belle. J'aurais juré que l'un d'eux me fixait avec une lueur d'ironie dans le regard. Je me suis baladée entre les robes de satinette, fascinée par ce dégueulis de dentelle blanche *made in China* et tous les rêves qui vont avec. Un haut-parleur invisible crachotait un slow des années quatre-vingt mais à part ça, je ne percevais aucun bruit. « Il y a quelqu'un ? » Ma phrase s'est perdue dans la soie.

Minijupe léopard, talons qui claquent sur la moquette, elle a déboulé de l'arrière-boutique sans crier gare. « Non, madame Rémilleux. Je vous l'ai déjà dit, on ne fait pas ce modèle en 46. Et arrêtez de m'engueuler comme si c'était de ma faute. Si vous voulez vraiment faire quelque chose d'utile, vous n'avez qu'à appeler le fabricant et lui dire que c'est une forme de discrimination contre les femmes rondes de pas faire de robes dans cette taille-là. Parce qu'après tout, même les grosses ont bien le droit de se marier si quelqu'un leur propose. » Elle a raccroché son téléphone, ponctuant le bruit du clapet d'un « Quelle conne, celle-là ! » bien sonore. Ensuite elle m'a repérée dans un coin. Elle a rajusté son sourire et m'a foncé dessus avec la grâce d'un TGV. Stoppant net à quinze centimètres de mon visage, moue arrogante, bras croisés, elle m'a demandé quel genre de cérémonie je comptais organiser.

— On a quatre gammes de bouquets pour Madame, des smokings en veux-tu en voilà, et on peut même fournir tables, tréteaux et chaises en plastique. Par contre, pour l'alliance, faudra vous débrouiller vous-même, on n'en vend pas.

Elle avait une voix moirée, un timbre agacé avec de jolis reflets sarcastiques sur les bords. Difficile de lui donner un âge avec son maquillage brutal, la trentaine peut-être. Sa présence entre ces quatre murs relevait clairement de l'erreur de casting.

— Je ne viens pas pour ça. C'est pour l'annonce, je lui ai dit en pointant la vitrine du doigt.

— Ah bon ? elle a répondu avec un air sceptique. Ben, allons dans le bureau, alors.

Je l'ai suivie dans un genre de cagibi au fond du magasin. Son pas était un mélange de grâce qui emmenait tout le corps à un rythme chaloupé, et de force, qui donnait à chaque mouvement une précision d'horloge. Son bassin se balançait de gauche à droite comme un métronome. « Tic-tac » aurait été l'onomatopée exacte pour qualifier sa démarche.

Dans le bureau en question, il y avait juste une table bancale en Formica avec deux chaises de jardin éclairées par un lampadaire fatigué. Unique élément de décoration, un téléphone qui avait fait la guerre, du genre de ceux où on enfonce les doigts pour faire tourner les numéros, traînait dans un coin sombre. Je lui ai tendu une feuille avec mes références. Elle l'a prise sans la regarder, en a fait une petite boule compacte, l'a jetée à côté du téléphone pour qu'il se sente moins seul et s'est assise bien droite en face de moi. Elle a sorti d'un tiroir un papier administratif et un bic.

— Nom, âge, profession des parents ?

— Raphaëlle Kanahan, vingt-cinq ans. Mon père est ingénieur, ma mère femme au foyer.

— Bien.

Elle a rempli la case avec l'application d'un douanier américain et je n'aurais pas été tout à fait étonnée si elle m'avait demandé : « Transportez-vous une bombe à hydrogène dans votre sac à main ? » Je suis timide de nature, déteste l'idée d'un entretien, et ne sais en général que répondre quand on me pose une question sur moi. Face à elle, j'étais carrément terrorisée.

— Situation familiale ?

— Célibataire.

— Bien. Parents divorcés ?

— Non.

— Ah.

Elle a posé son stylo, un peu ennuyée à en croire la position de ses sourcils salement froncés. Elle a allumé une cigarette et tiré quelques bouffées rapides. Ce silence n'augurait rien de bon. Elle a jeté ses cendres sur la table, très naturellement, comme s'il y avait là un cendrier que j'étais la seule à ne pas voir.

— Est-ce que tu as déjà été mariée ?

Son ton était nettement suspicieux comme si elle cherchait un détonateur dans mon regard.

— Non.

— Est-ce que tu espères qu'un jour un type te passe la bague au doigt ?

Ça ressemblait à une question piège. Je n'étais vraiment pas à l'aise. Dans le doute, j'ai dit la vérité.

— Non.

Elle a posé les mains bien à plat sur la table et s'est penchée vers moi.

— Et si un type beau comme Delon, riche comme Crésus et intelligent comme c'est pas permis s'agenouillait devant toi, le regard humide, et te posait la question ?

— Je me demanderais juste ce que ça cache. Et dans le doute, je le repousserais.

— Tu peux me regarder dans les yeux et dire « je le jure » ?

— Oui, je le jure.

Elle a eu un sourire vainqueur et je me suis rendu compte à ce moment précis qu'elle était très jolie, avec ses grands yeux presque verts et ses lèvres trop dessinées. Elle a écrasé son mégot d'un coup de talon méprisant, défait sa queue-de-cheval en tirant fort sur l'élastique et ébouriffé ses cheveux bruns.

— De toute façon, on n'est pas là pour faire du sentiment, a-t-elle conclu sans appel.

Et pour le coup, j'ai opiné avec conviction. Ma propre mère m'avait confié un jour après trois verres de vin et une dispute de couple : « À l'église, la seule personne qui pleure sincèrement le jour où tu te maries, c'est ta mère. Parce qu'elle sait dans quelle galère tu es en train de te fourrer. Mais pour le bien et la survie de l'espèce, elle n'a pas le droit de te le dire. » Je n'avais que treize ans mais la formule s'était agrippée à ma mémoire.

— Allez, fais-moi un petit autographe en bas de la feuille à droite. Je m'appelle Lola. Je te présenterai les autres demain. Il faudra que tu sois là vers neuf heures.

J'ai griffonné mon nom avec le stylo qu'elle me tendait, et elle m'a arraché le papier des mains. Le petit grelot a mis fin à la conversation. Lola s'est levée et a fait un demi-tour droite pour accueillir un jeune couple.

« On a quatre gammes de bouquets pour Madame, des smokings en veux-tu en voilà, et on peut même fournir tables, tréteaux et chaises en plastique. »

Je n'existais plus. Pas de sentiment, elle avait dit.

2

Parfois je suis victime d'un complot ordinaire. Quand j'ai ouvert les yeux ce matin-là, il était déjà neuf heures. Mon réveil s'était mis en grève. Il n'y avait plus de dentifrice, ni de café. En partant, je me suis cogné le genou contre la porte. J'ai couru jusqu'au bus qui, bien entendu, n'était pas là. Alors, j'ai allumé une cigarette. En général, ça le fait venir, le bus. Je peux l'attendre quinze minutes en vain. Mais à la seconde où je craque une allumette pour faire flamber le bout de ma clope, il pointe son gros nez vert à l'angle de la rue. C'est ce qui se passe en général. Ce jour-là, j'ai eu le temps de cramer le filtre sans être dérangée. Sous l'Abribus, une môme à cartable et couettes a tiré le bras de sa mère et m'a montrée du doigt : « Maman, pourquoi elle a du sang sur son pantalon la dame ? » J'ai baissé les yeux. Mon jean était maculé au niveau du genou. C'est à cet instant précis que le bus a freiné devant notre arrêt. Évidemment. Et si je parle de complot, on me jette au visage un délire de persécution. Alors je me tais et je fais mine de croire au hasard.

La boutique était vide quand je suis arrivée. Pas un son. J'aurais pu sans problème partir avec la caisse sous le sourire radieux des mannequins immobiles. Il m'a semblé qu'il y avait quelqu'un dans le bureau du fond. Un type bedonnant jouait aux dés, tout seul.

— Lola n'est pas là ? je lui ai demandé.

— Vous êtes qui, vous ? Les dés continuaient à rouler. Le bonhomme n'a même pas relevé la tête.

— Je suis Raphaëlle, la nouvelle. On m'a engagée hier.

À contrecœur, il s'est redressé et m'a scrutée des sourcils aux sandales. Le genre de regard indécent contre lequel on pourrait porter plainte tellement il viole l'intimité. À son bras poilu trônait une montre bon marché.

— Quarante-huit minutes de retard dès le premier jour. Belle performance. C'est la dernière fois que ça se produit. Assieds-toi. Je m'appelle Gérard, et ici, c'est moi le patron. Il y a deux ou trois choses que je veux que tu saches avant de te mettre au boulot. Chez *Mariage 2000*, tu dois penser bénéfice avant tout. Pas de sentiments ici. Imagine-toi que tu vends des machines à laver, par exemple. Si une bonne femme arrive en pleurant parce qu'elle aimerait bien en avoir une, elle aussi, de machine à laver mais que voilà, avec son smic et ses trois gosses, elle a beaucoup de linge sale et pas beaucoup de fric, donc il faudrait lui faire une réduc, ce serait génial. Si on était dans le contexte d'une machine à laver, tu lui dirais : « Non madame, je suis désolée. Vous n'avez qu'à aller à la laverie automatique comme les autres et vous reviendrez quand vous aurez fait des économies sur vos vacances au camping. Parce qu'une machine toute neuve, ça se mérite. » C'est ça que tu lui dirais, non ?

J'ai regretté d'avoir aussi peu d'expérience en matière d'électroménager. Alors, j'ai fait oui de la tête.

— Bon, ben avec le mariage, c'est pareil. On en voit tous les jours des petites rusées qui viennent négocier le prix de leur bouquet, des trémolos dans la voix. Le traiteur d'à côté, il nous a dit qu'elles lui font le même plan avec les petits-fours. « Monsieur, vous pouvez bien faire un petit quelque chose. Avec mon mari, on a dû économiser sur le prix du curé pour pouvoir se payer vos services. » Elles sont malignes les garces, prêtes à tout pour faire baisser les prix et mettre un peu de beurre dans leur lune de miel. Faut se méfier de tout le monde aujourd'hui, si on veut réussir dans les affaires.

Il s'est remis à lancer les dés et je suis restée plantée là à le regarder. Ce type ne correspondait pas du tout à l'image qu'on se fait d'un patron. Pas de costume, de port altier, de ton qui ordonne et obtient. Non, juste une barbe de trois jours, une chemisette à carreaux élimée et les dés qu'il lançait avec la frénésie d'un joueur de poker sur le point de perdre sa maison avec piscine, sa voiture et sa femme. Et puis, quelques notes douces ont sonné dans mon dos. « Debout tout le monde. Au boulot ! » J'ai reconnu le timbre de Lola.

— C'est pas une heure pour se pointer, a grogné le patron.

— Lâche-moi, Gérard. La petite était malade. T'as déjà de la chance que j'aie pu me libérer.

Elle m'a attrapée par le bras et m'a tirée hors du cagibi. « Ne fais pas attention à lui. Il n'est pas méchant, juste un peu dingue. Je ne donnerais pas cher de son affaire si je n'étais pas là pour m'occuper de tout. » Elle a dévalé un escalier et je l'ai talonnée comme si je venais de m'engager dans l'armée. Au sous-sol, dans la réserve, elle m'a expliqué les rudiments du métier, les bons de sorties, les noms des modèles et les manies du patron.

— Gérard vient quatre fois par semaine. Il dit que c'est pour vérifier que tout soit bien en ordre. En fait, il passe taper dans la caisse pour pouvoir jouer aux dés avec ses potes. C'est un professionnel du 421. Il a une théorie, Gérard. Il dit que les dés, c'est pas une question de hasard, qu'il suffit de s'entraîner. Il passe des heures à faire rouler ses cubes dans tous les sens. Il dit que maintenant, il maîtrise pas mal le 4 et le 1 et que, le jour où il fera parfaitement le tiercé gagnant, ça va faire mal. En attendant, il perd tous les jours une bonne moitié de la recette. Moi, je dis qu'il ferait mieux de piper ses dés. Sa chance, faut savoir la forcer.

Pendant qu'elle me parlait, je regardais ses mains arachnéennes brasser l'air avec vigueur. Ses bagues en or s'entrechoquaient, valsaient au son de sa voix, papillonnaient autour de ses mots. On aurait juré qu'elles avaient une existence indépendante, qu'elles racontaient une autre histoire que celle des robes de mariées, de la boutique et du patron. Lola appartenait à cette race qui s'approprie le monde sans demander la permission. Ses mots étaient puissants, voraces, dévastateurs. Unanimement violents. Elle parlait pour toucher dans le mille. Sa langue batailleuse poussait les phrases hors de sa bouche comme pour les mettre définitivement à la porte de ses idées. Elle s'exprimait mal et sa vulgarité sympathique pulvérisait les préjugés.

Elle a bâillé la bouche grande ouverte, s'est étirée à fond en grognant de plaisir et s'est mise à fouiller dans les cartons, éjectant au passage les dentelles inutiles. À côté d'elle, je me sentais trop polie, soucieuse de l'impression que je pouvais donner aux autres. Coincée dans l'espace invisible imparti aux gens bien élevés. On m'avait toujours appris à respecter une hiérarchie stricte qui divisait le monde en catégories essentielles, les patrons et les employés, les adultes et les enfants, les amis et les ennemis. On m'avait enseigné la façon de tenir mes couverts, de croiser les jambes et de ne pas montrer la dame du doigt. Mes parents étaient immigrés, d'origine libanaise. Et ils avaient choisi, pour s'en sortir, la stratégie du caméléon. Ils avaient intégré toutes les conventions, traitaient la langue française avec plus de soin qu'un académicien, chérissaient le drapeau national, critiquaient les Arabes et tiraient des feux d'artifice au 14 Juillet. Et ça avait marché. Les banques avaient aimé mon père, cet étranger bien respectueux, et lui avaient accordé tous les crédits dont il avait besoin. Les clients avaient aimé mon père et conclu beaucoup d'affaires avec lui. La France elle-même aimait mon père, qui n'était pas rentré au pays avec son gros magot et contribuait au système démocratique en payant ses impôts. Et mon père, en secret, se réjouissait de payer de lourds impôts, preuve sans appel de sa réussite sociale. Moi, j'étais cernée par les codes au point de ne pas savoir quoi faire et de me retrouver un peu trop souvent les bras ballants.

« Tu veux m'aider ? » m'a demandé Lola. Ses points d'interrogation, purement décoratifs, travestissaient mal l'ordre caché derrière. Elle m'a balancé un jupon au visage et elle a rigolé gentiment. On s'est mises à trier ensemble les différentes robes. Il était très rassurant ce travail. Les choses se mettaient en ordre sans effort.

— Sur le portant du fond, tu ranges les robes de gala, celles pour les filles prévoyantes qui économisent depuis le lendemain de leur naissance. À côté, tu poses les fantaisies, celles avec une note de couleur pour les clientes plus tout à fait vierges aux noces et soucieuses de le faire remarquer. Devant, les toutes simples et les tenues de location. Continue sans moi. Je dois m'occuper de la caisse.

Les robes allongées sur le sol ressemblaient à des linceuls, à des cadavres vides. Les locations trouées par endroit prenaient des poses de dormeur du val. Un triste champ de bataille couvert de dentelles sans âme.

Je les ramassais une à une pour leur rendre leur dignité. On était dans les coulisses du rêve. L'endroit où ne vont jamais les filles. L'endroit où chaque robe de mariée a un prix, une provenance, un numéro de référence, une origine contrôlée. Des robes fraîchement sorties de l'usine. Mises en cartons par pack de dix et expédiées vers l'Europe dans les meilleurs délais. J'imaginais des mains d'enfant en train d'assembler les petites perles dans la faible lumière d'un sous-sol asiatique. Un contremaître pas commode qui devait crier « On se dépêche, sales petits branleurs ! » et les menottes fragiles qui reprenaient de plus belle. Tout ça pour qu'une greluche pose sur l'étoffe des yeux émerveillés et s'écrie en sautillant : « C'est exactement celle que je voulais ! », tandis que le futur mari jette un œil inquiet sur l'étiquette. Vu sous cet angle particulier, difficile de protéger le mythe.

Des petits pas de souris ont imprimé les escaliers et, dans mon dos, la porte s'est ouverte. « Hello ! » Une fille en tunique mauve se tenait accoudée au mur.

— On m'a dit que la petite nouvelle était là.

La blonde s'est penchée vers moi, me tendant une joue rose. Elle a fait claquer sur mes pommettes deux baisers d'une familiarité incroyable.

— Je suis Cindy. Lola a dû te parler de moi. On travaille ensemble depuis longtemps et ça se passe divinement bien.

— Non, en fait elle ne m'a rien dit. Moi, c'est Raphaëlle. Enchantée.

Je me suis relevée pour pendre un voile sur un cintre. Et Cindy s'est approchée de moi. Les yeux rivés sur mes jambes. D'un coup, elle s'est jetée à genoux en s'accrochant à mon jean et j'ai cru que je n'avais pas été assez prudente. Que j'avais eu tort de mépriser tous les conseils dont on m'avait assommée, gamine. Toutes ces histoires de caves qui finissent mal, ces histoires de sous-sol où se font violer les petites filles. Et là, la situation était d'autant plus ridicule que mon agresseur potentiel était une blonde à forte poitrine.

— Regardez-moi ça, s'est écriée Cindy. Tu es toute couverte de sang. Mon Dieu, ce n'est pas joli du tout. Tu n'as pas mal au moins ?

J'ai fait non de la tête, encore sous le coup d'une émotion que je ne pouvais pas lui expliquer. Elle a été chercher un petit gobelet d'eau et un chiffon. Toujours pliée devant moi, elle a entrepris de faire disparaître les taches sur mon pantalon. Sa tunique était un peu étroite et la chair débordait de tous les côtés. Une silhouette anatomique, dessinée pour le plaisir des doigts. Seins saillant du décolleté, fesses prêtes à s'évader. Je priais pour que personne n'entre à ce moment-là. Quand elle a eu fini, elle a pris mes mains dans les siennes, un peu tièdes. Ses yeux bleu délavé se sont faits implorants et sa voix plus suave aussi.

— Dans cette boutique, il y a une ambiance particulière. Lola et moi, on se dit tout, on se comprend. On est un peu comme des sœurs. Je ne sais pas ce que je deviendrais sans elle, tu sais. J'espère vraiment que ça se passera bien entre nous aussi.

— Arrête ton cinéma, Cindy, a coupé Lola, poings sur les hanches. Allez les filles, on se met au boulot. Le patron aura bientôt fini son 421.

Et on a recommencé à accrocher les robes.

3

— Il y a trois choses qu'un client peut deviner en regardant l'expression d'une vendeuse : le doute, le mépris et l'admiration.

Lola m'a attrapée par les épaules et m'a placée face à Cindy.

— Tu oublies les deux premiers. On s'occupe d'abord de l'admiration. Sers-lui un sourire qui veut dire : « Vous êtes ravissante dans cette tenue, Madame. Vous n'avez jamais été aussi belle de votre vie. »

Je ne me destinais pas à une carrière de comédienne et ce n'était pas vraiment ce qu'on appelle un hasard. J'ai relevé péniblement les deux coins de ma bouche.

— On dirait qu'elle va me mordre, a commenté Cindy.

— Raphaëlle, fais un effort. Je veux que tu visualises cette pub pour un yaourt. Tu sais, celle où la fille est sur la plage, elle avale une bouchée de mélasse rose et ensuite, elle te sort un sourire émail-diamant comme si elle venait de découvrir le sens du mot « orgasme ». Allez, vas-y.

— Je vais essayer mais je ne suis même pas sûre de connaître le sens du mot orgasme, j'ai répondu.

Lola a levé les yeux au ciel et j'ai commencé la gymnastique du sourire. « Arrête, on dirait un de nos mannequins en plastique ! », « Non, pas cette tête de clown triste ! » Après deux cents grimaces, on y était enfin. Lola m'a expliqué que je devais m'approprier chacune des mimiques de mon visage. Je devais apprendre à faire marcher ensemble les rides de mon front, le plissement de mes yeux et l'entrebâillement de ma bouche. Chaque signal que j'envoyais avait une signification secrète. Je pouvais provoquer le désir ou la crainte en jouant avec la correspondance entre mes lèvres et mes sourcils. La technique était d'une simplicité effrayante.

Lola s'est approchée de moi, très près, trop près, jusqu'à violer cet espace essentiel à la respiration. Je sentais son haleine chaude qui balayait ma joue, son lourd parfum qui me retournait le cœur. Et puis, ses pupilles ont fondu sur les miennes comme deux chars d'assaut. Elle a pris une respiration et m'a dit à voix basse, sur un ton très doux : « Je te déteste. » Et soudain, j'ai eu envie de pleurer. Sa haine était si palpable tout à coup que mes poils se sont hérissés sur mes bras, bien décidés à se faire la malle, à quitter définitivement ce corps d'insécurité. Un frisson baladeur a dévalé ma colonne vertébrale au pas de charge et mon souffle a cessé de fonctionner. Lola s'est reculée d'un pas et a explosé d'un rire de folle joyeuse. « Tu peux me remercier parce qu'une fois que tu maîtrises ce genre de trucs, y'a plus grand-chose qui te résiste dans la vie », a-t-elle balancé, avant d'ajouter : « Démonstration ! » Je la suivais partout, ne voulant pas perdre une seconde de ce cours magistral, avec le sentiment bizarre que la leçon ne se limitait pas à mon job de vendeuse mais qu'elle était la plus importante de toutes. De celles qui pouvaient faire basculer mes convictions et m'obliger à admettre que la terre n'étant pas plate, je tournais en rond depuis un bon moment.

Elle s'est pointée dans le bureau de Gérard qui était toujours là, dés au poing, à jouer avec l'obstination d'une mouche suicidaire coincée derrière une vitre. Persuadé qu'il allait faire plier le sort, que ce n'était qu'une question de volonté. Il avait l'air usé, cet homme, de ne pas être un démiurge, de ne pas avoir le choix de l'avenir. Deux cercles noirs maquillaient le contour de ses yeux. Ses mains hystériques jetaient les petits cubes avec la violence que les types de son genre réservent aux femmes infidèles. À l'occasion d'ailleurs, il soupirait « Salope », entre ses dents. Une insulte réservée à Christiane, le troisième dé. Il avait donné à chacun d'eux le nom d'une fille qu'il avait un jour aimée. Christiane l'avait fait bien souffrir et continuait à le malmener. Christiane, c'était le fameux numéro 2, celui qui manquait à son 421 parfait.

Lola a interrompu cette partie solitaire. Sans frapper.

— Gérard ?

— Quoi ?

— Il faut qu'on discute du salaire de Raphaëlle. Apparemment, tu lui aurais dit qu'elle n'allait pas toucher plus de deux mille balles, à cause de la convention de stage.

— Je n'ai jamais dit ça.

— Gérard, tu sais très bien que c'est pas honnête. La petite va travailler plus de neuf heures par jour.

Le patron avait toujours le nez sur la table, captivé par son suspens à dix-huit faces. Lola s'est avancée et lui a pris doucement le menton entre deux doigts.

— Gérard, regarde-moi, j'ai dit.

Le ton se musclait et je voyais bien que lui aussi se sentait redevenir un homme dur quand elle lui parlait comme ça. Il avait les sourcils à hauteur de son décolleté.

— Tu vas la payer correctement la petite, c'est clair ? Je voudrais pas avoir à crier sur tous les toits que tu n'es pas un homme de parole.

Elle devenait carrément odieuse. Il a écarté sa main et s'est levé. L'occasion de constater que nous étions affublées d'un tout petit patron. Aussi haut que large, le type avait justement l'allure d'un dé perdu sur une table à jouer. Il s'énervait bras en l'air, mains au vent, nous offrant un spectacle fascinant : deux auréoles d'une taille surnaturelle maculaient sa chemise des aisselles à la ceinture.

— Je n'ai pas l'habitude de maltraiter mes employées, non ? Tu as déjà eu à te plaindre de moi, petite pute ?

Il hurlait comme si on venait d'attenter à ses jours. Son accent singulier était un mélange d'algérien basique et d'italien en Technicolor, des sonorités bancales, à cheval entre le Maghreb et la Sicile.

— Je prends soin de vous, bande de traînées. Et les problèmes de mômes, les galères de fric et vos histoires de règles trimensuelles… Vous me prenez pour un sacré con. Je ne supporte plus qu'on vienne m'emmerder comme ça.

Lola s'est tournée vers moi et m'a fait un clin d'œil. Elle m'a dit à voix basse : « Et maintenant, la pénitence. » De nouveau face à lui, elle a croisé les mains derrière son dos et a baissé la tête. Sa queue-de-cheval brune ballottait dans le vide et, du pied, elle caressait légèrement le sol, gênée.

— Alors quoi, tu ne dis plus rien ? a interrogé Gérard.

— Si, c'est vrai. J'ai un peu exagéré.

— Un peu ? J'ai mal entendu.

— Je sais, je n'aurais pas dû te parler aussi mal. Tu nous as beaucoup aidées ce mois-ci, Cindy et moi. J'ai eu des problèmes avec ma fille, elle a une santé fragile, et, sans toi, je ne sais pas ce que j'aurais fait.

— Ça va, ça va, je vais lui donner un vrai salaire à la petite. En attendant, foutez-moi la paix. Allez déjeuner, j'ai suffisamment vu vos gueules de connes pour un jeudi matin.

On était toutes les trois assises à la brasserie du coin. La vieille Augustine, figure ancestrale du Barbès fauché, nous a posé des assiettes de poulet-frites sous le nez sans qu'on ait passé commande. Cindy picorait du bout de la fourchette. Lola a attaqué le morceau de viande directement avec les doigts. Et ce n'était même pas écœurant de la voir planter ses ongles rouges dans le gras. Son appétit en disait long sur sa rage de vivre. Elle avait cette capacité inouïe à ingérer le monde extérieur, à le stocker en elle-même pour le recycler en énergie vitale. Certaines personnes sont très douées pour assimiler le décor, pour changer le dehors en dedans. Moi, j'avais été anorexique pendant plus de quatre ans. Le simple mot « nourriture » éveillait en moi un dégoût sauvage qui me bouffait le ventre et m'empêchait de communier avec le reste de l'espèce. Un indice très fiable de mon désir d'appartenir au monde. Elle, je la regardais avaler le gras avec un plaisir inconscient. C'est là que j'ai eu envie d'être quelqu'un d'autre.

J'avais passé les vingt-cinq premières années de ma vie à observer ce monde en spectatrice distante, accordant aux événements autant d'importance qu'une étrangère dotée d'une télécommande. Comme si je pouvais changer de chaîne dès que l'ennui se pointait sur les bords de mon écran existentiel. J'étais née avec des filets de sécurité qui m'interdisaient toute véritable inquiétude. Pas d'urgence chez les riches puisque chaque problème peut monnayer sa solution. Pas de faim réelle. Je regardais sans cesse ce mauvais film et ne trouvais jamais ma place dans la scène mais plutôt à l'extérieur, sur un canapé aussi moelleux qu'imaginaire. Quand les choses tournaient mal, au lieu de m'angoisser, je me demandais seulement comment le scénariste allait se tirer de ce pétrin. À quoi ressemblerait la fin.

Et là, je louchais sur cette fille dont je ne connaissais quasiment rien et qui avalait le gras de son poulet comme si sa vie en dépendait, comme si elle pouvait crever de faim demain. J'enviais son appétit et j'avais l'envie folle de m'attabler avec elle, pour de vrai. De partager ses frites et de me lécher les doigts après avoir englouti une assiette pleine. Je n'avais plus la force de faire semblant, désarmée par la sincérité de tous les gestes de Lola. Elle, si bavarde d'ordinaire, n'a pas prononcé une syllabe jusqu'à ce qu'il ne reste plus devant elle autre chose que des os. Et Cindy respectait ce silence, qui n'était pas le sien, continuant à grignoter tranquillement dans son coin.

En essuyant ses mains sur son jean, Lola a commencé à me raconter l'histoire de Gérard. Ce type qui avait trop regardé les films de Scorsese. Qui vivait des histoires de mafia virtuelles. Un joueur irrécupérable qui avait troqué les fastes du casino où il traînait étant jeune contre le pauvre 421 que lui permettaient ses économies, plus les extras qu'il tapait régulièrement dans la caisse. Sa bande d'amis se résumait à un bistrotier en fin de carrière et deux magouilleurs de Barbès qui, de temps à autre, échangeaient leur traditionnel paletot contre une arnaque plus juteuse. Une arnaque avec trois dés pipés et un pigeon aux allures de Don Quichotte qui se battait contre le hasard, sans jamais regarder la réalité à jeun. La famille de Gérard avait tout perdu pendant la guerre. Cette famille-là, du reste, n'avait pas dû posséder grand-chose. Deux cabanes au bord d'une prairie aride comme le désert. Mais dans son délire, le type s'était construit des châteaux en Espagne et des princesses prisonnières de tours qu'il viendrait sauver un jour. En attendant, Gérard était le patron le plus minable de l'histoire de l'entreprise, gérant ses affaires avec autant de bon sens qu'une chèvre. Et il suffisait, d'après Lola, de rentrer dans son scénario pour obtenir de lui ce qu'on voulait.

— Donc, quand je baisse la tête en lui disant qu'il a été bon avec nous, quand je me laisse insulter comme une petite fille qui a bâclé ses devoirs, je remets en place les scènes de sa vie, je colle au film qu'il se raconte, aux histoires dont il se berce tout seul le soir dans son lit, et je lui fais signer un chèque en blanc par la même occasion. Mais si tu regardes bien, tout le monde est pareil. Chacun écrit son film et il suffit de trouver le bon pour décrocher le jackpot.

Sur ce, elle a balancé sur la table les vingt euros qu'elle avait tapés à Gérard. Et on est reparties travailler.

4

Ils avaient de l'angoisse plein les yeux. De l'angoisse et un peu d'excitation aussi. Et c'était sûrement ça le mariage : un genre de roulette russe sentimentale, avec plus d'une chance sur deux de se louper. Un truc qui faisait monter l'adrénaline une dernière fois avant le rituel de la purée mousseline devant le journal télévisé. Ils tremblotaient devant des morceaux de chiffons, les yeux un peu humides. Fiévreux, malades, et beaux comme les fous peuvent l'être avant de se défenestrer.

Je me suis approchée lentement et j'ai bien choisi le ton de ma voix. Une tonalité douce pour leur faire comprendre qu'on était sur la même longueur d'onde, que je pouvais visualiser leurs rêves comme si c'étaient les miens. Je voulais qu'on forme une seule personne tous les trois, avec une seule manière de voir l'avenir proche, une seule trajectoire vers l'absolu bonheur. Je voulais qu'on envisage, d'un commun accord, l'achat d'une robe hypercoûteuse, juste pour montrer à Lola à quel point j'avais bien retenu la leçon. « Moi, je choisirais celle-là. J'adore les reflets moirés sur la soie et puis la manière dont le corset met en valeur la poitrine. » En la tenant par l'épaule, j'ai fait pivoter la fille vers moi. Un geste maternel comme si je lui avais pris la main pour l'aider à traverser une rue dangereuse. J'ai pensé « bienveillance » et, comme me l'avait appris Lola, j'ai fait fondre mon regard jusqu'à ce qu'il soit tout miel et puis je l'ai contemplée l'air ravi. « Vous seriez tellement jolie, là-dedans. Vous avez la taille bien marquée, des bras délicats. Elle est pour vous. Essayez-la. Allez-y, ça ne coûte rien. »

« Allez-y, ça ne coûte rien. » Mais d'où je sortais une phrase pareille ? Une authentique expression de pharmacienne de province. « Allez-y, ça ne coûte rien. Et bien le bonjour chez vous. » Je commençais à y croire, à mon personnage de vendeuse. Et puis, ça ne coûte rien, ça ne coûte rien, il fallait le dire vite. La fille, un vrai petit boudin, se débattait dans la doublure en mousseline, sous le regard horrifié de son futur époux qui commençait sérieusement à se demander s'il avait bien fait d'investir dans cette bague plaquée or avec un vrai diamant dessus. Elle peinait à passer la tête dans l'encolure et n'espérait même pas négocier l'entrée des bourrelets du ventre. L'opération lui coûtait en l'occurrence beaucoup d'efforts, et sa dignité en prime. Noyée dans la dentelle, elle ressemblait à un gros cafard luttant pour ne pas mourir dans un bol de lait frais.

Cindy m'a bousculée. « Mais enfin, Raphaëlle, tu vois bien que cette robe est trop petite pour Madame. Pourtant je t'ai déjà dit que ce fabricant sous-estime toutes les tailles. Il nous fourgue des 40 qui sont à peine des 36. Ne faites pas attention, Madame. Cela fait juste une semaine qu'elle a commencé et elle s'emmêle un peu les pinceaux. » Elle a aidé la cliente à se sauver de ce piège de dentelles arachnéennes. Je la voyais tournoyer dans la boutique comme une danseuse de ballet classique, collant dans les bras de la malheureuse tout l'attirail de la parfaite mariée, voile, escarpins, bouquet et de longs gants de soie blanche en cadeau. Pendant que la fille ajustait son uniforme, Cindy a attrapé le futur mari par le bras et l'a guidé jusqu'au rayon homme. Elle se frottait un peu à lui, laissant un sein rebondir sur son bras. Elle se penchait exagérément pour ramasser un pantalon qui lui avait glissé des mains et, lèvres proéminentes, lui chuchotait quelques mots à l'oreille. Le type était manifestement troublé au niveau de la ceinture. Il en oubliait de faire gaffe aux affaires qu'elle lui tendait tant il avait le regard accroché à sa chemise blanche. Ensuite, elle est revenue s'occuper de la fille, laissant au pauvre homme le temps de se calmer. La petite fiancée avait l'air scandalisée par la scène. Elles ont discuté un peu et Cindy lui a glissé une carte de visite entre les mains. Je dois avouer qu'elle était forte, même si elle m'agaçait avec ses manières de poupée Barbie mal dégrossie et sa nymphomanie à fleur de peau. Elle faisait corps avec l'idée d'une vente efficace. En trois dandinements, elle avait rattrapé ma bourde. Et Lola souriait de loin à cette surdouée de la refourgue, enveloppant le trio d'un regard satisfait. Je pensais qu'elle allait m'en vouloir. Je me sentais coupable comme à l'école, quand, petite, je voulais plaire à la maîtresse malgré mes notes de cancre.

Le grelot a sonné la fin du premier round. Cindy est revenue vers nous, triomphante. À ma grande surprise, Lola nous a gratifiées d'un « Bien joué les filles ! » collectif. Je n'aurais pas cru être incluse dans ces félicitations. Mais après tout, quel que soit le chemin tortueux qui mène à la vente, rien ne compte peut-être plus que le résultat de la caisse.

Mon soulagement fut de courte durée. Cindy a pris Lola à part et, au fond de la boutique, elles ont tenu un conciliabule. Je me disais que cette sale peste était en train de cafter, de raconter comment je désespérais les acheteurs potentiels et, là encore, j'avais la solide impression de retrouver les bancs de l'école. D'ailleurs, Cindy avait le profil de première de la classe, pas forcément douée mais besogneuse à souhait. La main levée très haut à la moindre question, un « Moi, m'dame ! Moi, m'dame ! » au bord des lèvres… Je connaissais bien cette race de pimbêches, toujours prêtes à collaborer avec le professeur pour gagner quelques points d'estime.

L'entretien entre les deux filles se prolongeait. De temps à autre, le rire ample de Lola trouait ma solitude. Je furetais du côté de la caisse pour penser à autre chose. Dans un tiroir, j'ai découvert des cartes postales. Souvenirs de la Martinique ou de Bretagne, toutes étaient expédiées par des couples en lune de miel. « Juste un petit mot pour vous remercier. La vie est tellement belle. » Un bonheur de passage, indécent, illusoire, craché à la face d'un monde terne. J'étais d'humeur assez terrible. Au fond du tiroir, planquée derrière une pile de factures, il y avait une dernière carte. Elle avait été postée de Corse. « Enfin libre, grâce à vous. Merci du fond du cœur », signée Laetitia. Une drôle de façon de célébrer l'union.

Une cliente a franchi le seuil à cet instant. J'ai rangé les cartes et je me suis dit que celle-là, je ne la louperais pas. J'ai négocié la vente d'un kit « mariée de l'année », sans pour autant retrouver le sourire. La journée coulait désormais au rythme des clients, de leur petite joie de pacotille, et je m'enfonçais dans une mélancolie poisseuse. De loin, j'épiais Lola et Cindy qui ne cessaient de se faire des signes complices. J'étais jalouse comme un amant trompé par un mari. Une jalousie irrationnelle, débile et imbattable. Je repensais aux phrases hypocrites de Cindy, le premier jour. « Avec Lola, on est comme des sœurs. J'espère qu'avec toi, ça se passera aussi bien. » Mauvaise, fourbe, elle m'avait bien eue celle-là, à me faire croire qu'on était une équipe et qu'ensemble, toutes les trois, on allait révolutionner le monde de la robe de mariée. De toute façon, on me l'avait toujours dit : trois, c'est un mauvais chiffre. Et je pensais aux dés de Gérard qui ne s'entendaient jamais pour faire à l'unisson ce satané 421.

Sur le moment, je m'expliquais assez mal ces sensations violentes. J'avais depuis toujours restreint le cercle de mes proches à l'essentiel. J'avais une seule amie, Carole, avec qui je partageais deux cafés hebdomadaires, un le jeudi, l'autre le dimanche. Deux cafés d'une heure trente qui suffisaient largement à échanger nos considérations sur l'existence et les anecdotes croustillantes de nos tristes vies. J'étais une fonctionnaire de l'amitié, il fallait bien l'avouer, incapable de prolonger nos rendez-vous au-delà de leur limite réglementaire. J'étais l'arbitre qui sifflait toujours trop tôt la fin de la partie, dès que la nuit tombait. Je sentais bien que parfois Carole aurait voulu parler encore, me raconter comment elle avait enfin engagé la conversation avec ce jeune libraire, nouveau venu dans le quartier. Mais je ne m'attardais pas. Moi, je n'avais rien à lui dire de plus. Les confidences me faisaient peur. Aussitôt livrées, elles devenaient des armes bactériologiques qui pouvaient à tout instant, dès que le vent tournait, vous exploser à la gueule. Je ne voulais pas qu'on m'inocule un jour le virus de ma propre existence, qu'on me jette au visage mes pauvres secrets. J'avais construit autour de moi une carapace antichoc, une bulle de verre qui me protégeait parfaitement des autres et m'enfermait, dommage collatéral, dans une solitude à l'épreuve des balles. J'étais coincée, la plupart du temps, en ma propre compagnie, torture que je ne souhaitais même pas à mon pire ennemi.

Carole, je l'aimais bien pourtant, avec ses manies de vieilles, ses chaussures qu'elle enlevait avant de faire un pas sur sa moquette vierge, le lavabo qu'elle rinçait précautionneusement après s'être savonné les mains et ce chat à qui elle devait parler d'amour la nuit, en secret. Je l'aimais bien parce qu'elle était celle qui me ressemblait le plus. Sa timidité la tenait à distance du monde et la contraignait à cultiver des fantasmes avec le même soin qu'une retraitée met à nourrir ses plantes d'appartement. C'était ça, le jardin secret. Je savais bien ce qu'elle deviendrait, Carole. Une vieille fille aigrie qui ne ferait plus pousser que des mauvaises herbes sous son lit, un carré vert de chienlit, faute de n'avoir jamais su proposer d'aller prendre un verre au jeune libraire du coin. Elle lirait *Madame Bovary* jusqu'à la nausée, jusqu'au mal de mer et puis, un jour, elle rendrait l'âme. Et c'était rassurant de connaître la destinée d'un proche sans jamais l'envier.

Là, c'était autre chosc. Les rires de Lola et Cindy, leurs clins d'œil entendus et leurs grimaces de gosses ricochaient sur ma carapace jusqu'à la fissurer. Lentement, mon armure cédait sous les assauts de ces pestes gloussantes. Je n'avais plus trop envie d'être seule avec mes petits clients à satisfaire. Je ne savais pas ce qu'elles magouillaient, mais je voulais jouer avec elles, agir comme elles et répéter leurs blagues en riant.

— Pourquoi tu fais cette tête ? m'a demandé Lola, croisant par hasard ma triste mine. Il était dix-sept heures.

— C'est rien, j'ai juste un peu mal à la tête.

— Moi aussi. Viens, on va prendre l'air. Je vais dire à Cindy de s'occuper de tout.

5

On a marché sans un mot vers le bar d'Augustine. Des centaines de petits individus se bousculaient à vive allure sur les trottoirs de Barbès, chacun préoccupé par son commerce obscur mais participant au même ballet de rue. J'aimais cette chorégraphie imprévisible. Cachées sous la cacophonie des klaxons excités, les nouvelles du jour se chuchotaient à la dérobée. L'urgence colorait toutes les conversations et, mises bout à bout, ces phrases secrètes créaient une sous-mélodie inquiétante, un bruit de fond qui vous empêchait de vous sentir tout à fait tranquille même quand le soleil martyrisait le bitume. Le vent pollué de ce mois de juillet me balayait le visage comme l'haleine tiède d'un vieil alcoolique. Et Barbès tout entier avait la figure du type louche qui vient de voler une bouteille de rhum dans un supermarché.

Arrivant par-derrière, un jeune homme aux longues boucles noires a agrippé Lola.

— Incroyable, madame Lola en personne, a-t-il dit. Je croyais que t'avais plié bagage et que tu nageais sous les tropiques.

— Fous-moi la paix, Ahmed.

— Tu crois quand même pas que tu vas te débarrasser de moi comme ça ? Tu squattes à la maison pendant deux mois et puis, un beau jour, le temps que je descende acheter du café, tu t'évapores. Tu t'es fait la malle en moins de quinze minutes, en emportant la petite sous le bras et tu crois que je vais te laisser redisparaître comme ça ! Comment elle va Chérie, d'ailleurs ?

— Bien.

— Tu ne t'es jamais dit que je pouvais m'inquiéter, non ? Que j'avais peur pour vous ? Que t'aurais dû me dire que tu comptais partir ?

— Non.

— T'as pas de cœur, Lola.

Elle a pris son souffle et je sentais que la tempête se préparait.

— Et toi, tu n'as plus le sens des réalités pauvre débile. Tu oublies un détail, un minuscule détail qui a son importance : tu n'es pas le père de Chérie et je n'ai jamais été ta nana. Tu vois, c'est un détail qui compte, ça. La petite, quand on est parties, elle m'a jamais demandé de tes nouvelles. Et moi, je me suis jamais demandé ce qu'était devenu le pauvre type qui se prenait pour mon mec et composait mon numéro dix-sept fois par jour pour savoir à quelle heure j'allais rentrer faire à manger. On t'a oublié et ça nous a fait du bien. C'est aussi simple que ça.

— Tu es une sale fille, une traînée. N'oublie pas que la roue tourne, Lola, et que tu mérites les crasses qui vont t'arriver. Et si elles n'arrivent pas toute seules, je filerai un coup de main au hasard, tu peux compter sur moi.

J'ai cru qu'elle allait l'insulter pour de bon. Mais elle s'est simplement retournée et lui a envoyé son poing au milieu de la vitrine. Ensuite, elle m'a attrapée par la manche et m'a dit : « Cours ! » On a détalé dans la rue comme des malades jusqu'au bar. Le type était exactement à trois seconde derrière nous. « La clé ! », a crié Lola à Augustine. La vieille lui a balancé le trousseau avec un flegme de vieux routier que la castagne n'amuse même plus. À la seconde précise où Lola faisait grincer la serrure, Ahmed s'est jeté sur la porte de toutes ses forces. Il a crié quelques horreurs que le verre n'a pas su filtrer, filant un méchant coup de pied dans la vitre qui a eu le bon goût de ne pas céder à ce moment-là. Quand il a abandonné sur un élégant « Vous me le paierez, bande de salopes », j'ai réalisé que je tremblais. Avec ce « vous », j'étais devenue la complice de Lola. Nous formions une bande, un gang. J'étais surexcitée.

Augustine nous a apporté deux allongés.

— L'amour, c'est quand même une belle escroquerie, elle a dit en posant les tasses. On s'entiche toujours de la mauvaise personne. Et ensuite, c'est au reste du monde qu'on fait payer ses erreurs. Ahmed, il fait l'intéressant mais tu sais très bien qu'il ne toucherait pas un seul de tes cheveux. Non, c'est sur ses nouvelles copines qu'il se venge de la déception qu'il a eue avec toi. J'ai remarqué que ceux qui font souffrir s'en sortent toujours mieux que ceux qui encaissent les coups.

— Comment tu peux dire des choses pareilles ? Ahmed la victime ? T'as oublié ce qu'il m'a fait ou toi aussi tu es passée dans le camp de ceux qui me veulent du mal ?

— Lola, tu sais très bien que j'ai pas de camp. Depuis le temps que vous divisez tous mon quartier en terrain de foot... Dieu merci, je ne suis qu'un arbitre et encore, personne ne se donne la peine de m'écouter quand je siffle l'arrêt de jeu. Moi, tout ce que je dis, c'est qu'avant d'accorder les points, il faut regarder les ralentis.

— T'es injuste, la vieille. Tu fais semblant d'être neutre mais parfois, je les vois bien, moi, tes préférences.

Augustine a haussé les épaules et elle est repartie nettoyer son bar avec une grosse éponge. Lola pataugeait dans sa tasse, arrosant largement sa soucoupe. Elle avait les lèvres pincées sur des souvenirs mal digérés. Mais je ne savais pas trop comment provoquer les confidences, pour ne les avoir jamais cherchées chez personne. J'avais un problème avec les phrases convenues, comme un « Ça va ? », quand quelqu'un tombe dans un gouffre, un « Ce n'est pas du tout ce que tu crois », quand on est pris en flagrant délit d'infidélité, un « Il fait beau aujourd'hui » quand on s'emmerde dans une conversation. Augustine vaquait à sa vaisselle, comme si de rien n'était. J'ai posé ma main sur celle de Lola, émue. Et je lui ai dit : « Ça va ? », avec toute la douceur que je pouvais mettre dans un point d'interrogation aussi nul. Elle a fait « oui » de la tête.

En fait, elle avait connu une mauvaise passe. Elle s'était fait virer de son petit appart dans une tour du XIIIe. Pas un problème de loyer : les voisins se plaignaient trop souvent que Lola et ses potes faisaient du bruit et, avec Chérie, elles avaient fini par se retrouver à la rue. Elle avait pris sa fille sous le bras et s'était pointée chez Ahmed qui se disait plus ou moins un ami.

— J'en ai marre. Il se prend pour qui celui-là ? a-t-elle crié. Il pense vraiment qu'il peut me parler comme ça. Quoi qu'en pense Augustine, personne n'élève la voix sur moi. Il m'a emmerdée comme c'est pas permis quand j'étais chez lui et en plus, maintenant, il me fait son cinéma de papa poule. Ça me dégoûte.

Elle avait le visage sombre de quelqu'un qui a trop vécu pour pas tant d'années que ça. Des mèches brunes emprisonnaient son visage émacié. Ses yeux verts étaient en train de se noyer dans sa tasse. Mais rien en elle ne faiblissait.

— Dans la vie, j'ai un principe, m'a-t-elle expliqué. Il faut savoir préparer ses valises en moins de quinze minutes. Tu ne sais jamais quand l'heure du départ va sonner. Moi, quand la situation vire à la galère, j'entends toujours une petite musique dans ma tête qui dit qu'il faut mettre les voiles tout de suite. Comme un signal. Et je rate jamais mon train. Je vais te dire la vérité, Ahmed, il est comme les autres. Je le connaissais de loin, un ami d'ami de bar. On se marrait pas mal, on traînait un peu ensemble. Il m'a dit que j'étais comme une sœur pour lui. Que je pouvais m'installer chez lui. « Pas de problème, ma Lola », il arrêtait pas de répéter. Je me disais qu'il était trop beau pour avoir besoin d'embarquer les filles dans des sales plans. Je me méfiais surtout des moches et de leurs carences sexuelles, ça leur fait faire n'importe quoi. Alors j'ai lâché mes valises sans trop me poser de questions. Moi, j'essaie toujours d'assurer pour Chérie. Je veux pas que ma fille morfle parce que je collectionne les conneries. Un petit bout de chou de cinq ans, il faudrait que tu la voies... Alors, je me suis installée et, sans que je m'en rende compte, il a commencé à se comporter comme un petit ami jaloux, à fouiller dans mes poches, me demander où j'allais, avec qui j'étais, « Il te plaît, celui-là, hein ? » Au début, j'ai pris ça à la rigolade. Tu parles d'une bonne blague. Ce qu'il oublie de dire, ce crétin, c'est qu'avant de partir acheter les croissants, ce matin-là, il m'a mis une beigne parce que j'étais rentrée trop tard la veille. Les croissants, c'était sa manière bien à lui de demander pardon, un peu de beurre sur mes bleus, parce qu'il voulait pas me blesser au fond. C'est pas un gars méchant, mais il est con, Ahmed, il a cru que j'allais coucher avec lui contre l'hébergement. Comme quoi la beauté, faudrait savoir s'en méfier aussi. La petite pleurait et j'ai senti que ça montait. J'avais envie de le détruire. C'est là que j'ai entendu la petite musique du départ. Je me suis dit qu'il valait mieux décamper. Ramasser les valises, c'était rapide. Je me suis permis de lui voler une brosse à dents et un billet de dix. Il n'y a pas de quoi en faire un drame. On n'a pas de chance, ma fille et moi, on ne tombe jamais que sur des tordus, mais on s'en fout, on est ensemble. On n'a besoin de personne. Qu'est-ce qu'ils croient, ces types ? Qu'on peut pas se débrouiller sans eux ?

Ce n'était pas vraiment à moi qu'elle avait dit tout ça. Surtout cette dernière phrase. Elle se vengeait dans le vide, parce qu'elle était rongée par un acide violent et qu'il fallait que ça sorte si elle ne voulait pas mourir grignotée par la bile. Et là, ses yeux charbonneux perdus dans le marc de café avaient des reflets verts de rage. Quand elle disait « ma fille et moi », il y avait un truc devant lequel le monde devait se prosterner tout de suite. Lola, elle était toujours sur cette corde raide qui promettait de lâcher bientôt. Elle avait appris à faire le funambule, à maîtriser le vertige. Ensuite elle a continué à parler un peu d'elle. Elle m'a raconté son trou d'origine, cet endroit où il ne fait jamais soleil parce que les murs sont trop hauts. Les amitiés de gosses qui tourneront mal, de futurs délinquants, pressés de profiter de rares instants de grâce, déjà conscients que ça n'arriverait pas souvent et qu'ils finiraient tous à l'ombre. La vie, c'était ce terrain de basket où les mecs apprenaient leur virilité, où les filles apprenaient à leur résister. Et elles ricanaient jusqu'à tard le soir, en n'osant pas les regarder dans les yeux de peur d'avoir l'air de femmes faciles. Et de se faire violer dans une cave. Ils avaient vidé leurs premières bières à onze ans, parce que c'était normal, que ça avait toujours meilleur goût que l'eau du robinet. Et qu'il n'y avait personne pour leur dire que c'était la mauvaise pente et qu'elle était raide, cette pente, quand on commençait à la dégringoler. Ces gosses avaient tout appris très vite. Les parents, contrairement à ce qu'on disait dans les journaux, n'étaient même pas démissionnaires, en ceci qu'ils n'avaient jamais prétendu s'occuper de leur marmaille. Ils avaient livré leurs enfants à cette jungle, en priant au fond pour que les plus forts survivent.

Quand le père de Lola jouait au père, ce qui arrivait rarement, il s'énervait parce que sa chambre était mal rangée ou la table pas débarrassée, alors que le reste de la maison n'avait rien à envier à la décharge du coin. Il avait la main un peu lourde quand il voulait signaler sa crise d'autorité. Sur le visage de Lola, il y avait plein de bleus effacés par le temps. Elle me racontait tout ça en parlant vite. Le rythme des phrases était saccadé, au bord de la crise d'asthme. Elle me débitait ses souvenirs sans pathos. Comme quelqu'un qui a vraiment honte et pas envie d'être plaint. Elle s'était tirée à seize ans, jurant croix de bois, croix de fer, qu'elle ne reviendrait pas. Et elle avait tenu bon. Si Lola était là aujourd'hui, c'est qu'elle faisait partie des plus forts, de ceux qui survivent. Cette nana était mon héros.

Une foule d'images faisaient la ronde dans ma tête. J'avais mal en pensant à la môme Lola qu'on avait massacrée juste pour qu'elle devienne solide. Pas vraiment la même méthode que mes parents. Le petit déjeuner déjà prêt quand je me levais le matin. L'odeur de chocolat chaud qui me remplissait les narines. La bonne qui me servait à table pour que je n'épuise pas mes forces avant l'école. Mes pieds qui faisaient craquer un parquet tiède, cuit par les radiateurs qui maintenaient la maison à vingt-trois degrés, en perpétuel printemps. Mes parents, gentils au fond, ou pressés de me faire vivre ce qui leur avait manqué, de venger leur hier, avaient accompli un gros travail sur la présatisfaction de mes désirs. Ils donnaient corps à mes rêves avant même que je les aie conçus. Le jouet exceptionnel, la poupée qui parle en neuf langues, danse et récite des poèmes de Baudelaire, atterrissait dans ma chambre deux jours avant sa commercialisation. Ils avaient choisi de ne faire qu'un enfant pour concentrer sur lui toute leur capacité au bonheur immédiat. Pour dérouler l'avenir à mes pieds comme un tapis rouge.

Mais j'avais commencé à les décevoir très tôt. Déjà, au départ, ils auraient préféré un garçon, quitte à n'en avoir qu'un, d'enfant. Mais bon, l'échographie montrait bien que je ne porterais jamais de caleçon et qu'il faudrait faire avec. Je les avais déçus ensuite en passant à côté de toute forme d'épanouissement mais sans jamais rien foirer vraiment. Je faisais mes devoirs mais je ne m'amusais pas à la récré, je voyais d'autres enfants le mercredi mais je ne les aimais pas, je partais en vacances aux quatre coins du monde mais ne souriais jamais. Quand j'ai eu conscience de mon ingratitude, je m'en suis voulu de les tenir toujours pour responsables de ce gâchis magnifique. Quand, plus cruelle encore, comme seuls savent l'être les enfants trop gâtés, je le leur avais fait sentir, ma mère m'a répondu : « Que veux-tu, on ne se remet jamais tout à fait d'une enfance heureuse. » Et elle a ravalé le mépris qu'elle avait pour ma pauvre personne avec ses larmes acides. J'étais diagnostiquée inapte au plaisir. Un mal d'autant plus incurable que personne n'avait envie d'en identifier la cause tant elle était injuste. Mes parents étaient coupables d'avoir trop voulu mon bien. Mes madeleines à moi n'avaient aucun goût et parfois je me disais que c'était con d'avoir tout eu au point de ne rien regretter.

Et j'étais bien contente que Lola soit concentrée à revivre son histoire et ne me demande rien.

J'aurais eu honte de lui parler de moi. Si j'avais dû dresser une liste des choses inavouables, en tête j'aurais noté ma déception de n'avoir jamais connu de vrai drame, si l'on omet la mort d'un ou deux parents plus ou moins proches qui ne pouvait pas faire de moi une survivante. Même mes malheurs étaient communs, normaux et dans l'ordre des choses. Pourtant, je n'avais pas arrêté de croire en silence que le jour où se pointerait une véritable catastrophe, je serais la fille à la hauteur, celle qui sauverait la situation à la force de son frêle poignet de nantie inactive. J'avais même rêvé la ruine de mes parents, juste comme ça, pour voir.

— Tu ne m'écoutes plus là, me dit Lola, et les reflets agacés de sa voix brillaient plus fort.

— Si, si. Tu me disais qu'en toute situation, tu envisageais toujours le pire.

— Ouais, c'est ça. Moi, j'appelle ça le « théâtre du pire ». Par exemple, quand je prends le volant, que je roule sur une autoroute la nuit, j'imagine que le pneu avant gauche va crever et que la bagnole va atterrir dans le décor, encastrée dans la barrière de sécurité. Je vois très précisément ma tête qui cogne contre le pare-brise, juste avant d'exploser en petits morceaux rouges mélangés aux milliers d'éclats de verre. Je trouve que c'est pas une mauvaise chose de tout envisager parce que, un, ça me maintient en éveil, je fais toujours gaffe à tout, et deux, si jamais j'avais raison, je me dirais que je m'y attendais et que j'ai pas été prise de cours par la vie, que tout ça, je l'avais prévu, que je maîtrise l'avenir. Tu trouves ça bizarre de penser sans arrêt à des trucs moches comme ça ?

— Non.

Non, ça m'arrivait souvent d'y penser aussi, ou plutôt de prier pour que la voiture déraille et s'encastre dans la barrière de sécurité. Juste pour pouvoir mourir avec un truc un peu extraordinaire à raconter, pour le plaisir d'avoir laissé une trace de mon passage, fût-ce dans une barrière de sécurité sur un bord d'autoroute. Tout ça, je ne l'ai pas dit. Évidemment.

Augustine s'est rassise avec nous. Elle a posé ses énormes fesses dégoulinantes de graisse et de bonne humeur sur un tabouret qui avait l'air plus fragile tout à coup.

— Ben, dis donc, t'es pas une bavarde, toi, elle m'a dit, presque comme un reproche. J'entends ma Lola qui piaille depuis tout à l'heure, qui raconte des histoires qu'elle a déjà racontées cent fois et toi, rien, muette comme une carpe. T'as perdu ta langue ou quoi ?

— Elle est timide, c'est tout, a lancé Lola volant à ma rescousse. Et puis quoi, t'en as marre de m'entendre radoter, c'est ça ? Décidément, aujourd'hui, c'est ma fête. Je peux aller dans un autre bar, si je te gêne.

Augustine a rigolé en faisant trembler sa poitrine de vieux bibendum sans complexe. Sa blouse à fleurs tressautait en rythme.

— Oh là là, je leur souhaite bien du courage. T'en connais beaucoup des bars qui accepteraient de voir des dingues amoureux se jeter sur la vitrine à l'en faire péter ? Si j'étais méchante, je t'enverrais à la concurrence, ça oui. Allez, arrête ton cinoche, ma Lola. Ça fait bien dix-sept ans que t'as le cul collé à mes tabourets et je me fais pas d'illusions, ça ne changera jamais.

Elle lui a posé un baiser drôlement tendre sur le front. « Ouste maintenant, il faut que je lave le sol. » En sortant, Lola m'a dit qu'elle n'avait pas tort, Augustine, que j'étais quelqu'un de trop discret. « Tu mets tes cheveux devant ton visage comme un panneau "Prière de ne pas déranger". Même vis-à-vis des clients, c'est pas terrible. Pourtant t'es pas moche, t'es juste mal fagotée. Relève ta tignasse pour voir. » J'ai fait une queue-de-cheval avec mes mains. « Tu devrais te maquiller, quitte à ce qu'on te remarque un peu. Faudrait que t'arrêtes d'avoir peur d'exister. » C'était le truc le plus juste qu'on m'avait dit depuis longtemps. J'avais les joues rouges comme des plaques chauffantes et, pour ne pas qu'elle voit la honte sur mon visage, je regardais mes pieds en marchant, concentrée sur l'étiquette de mes baskets. Et puis elle m'a demandé pourquoi j'avais cette mine peinée. Je lui ai expliqué que j'avais l'impression de tout faire de travers, que je me débrouillais mal. « Ce n'est pas du tout ce que m'a dit Cindy, a-t-elle conclu. Je crois que tu ne comprends pas encore pourquoi tu es ici. » Ensuite, elle a fait la tête de celle qui n'en dira pas plus. Une tête que j'avais appris à reconnaître en moins de deux semaines. Et d'un coup, je ne savais plus trop quoi penser et je me demandais si toutes ces émotions un peu nouvelles ne m'avaient pas rendue complètement parano.

6

Ma chambre sous les toits. Une pièce sans mémoire, sans photos de vacances. Deux cadres, des lithos que je n'avais même pas choisies et que ma mère avait accrochées là pour combattre cette impression d'éphémère. En cinq ans, je n'avais pas touché aux rideaux pourpres, prétentieux comme des rideaux de théâtre, qui laissaient pourtant passer l'aube quand j'essayais de dormir. S'il y avait eu une fille nue et décoiffée dans le lit défait, on aurait pu aisément se croire dans une garçonnière. Mes parents habitaient trois étages plus bas et m'envoyaient régulièrement leur femme de ménage. Je m'appliquais à ne pas en faire mon endroit pour m'obliger à croire que ma vie était ailleurs. Les soirs les plus tristes, il me semblait comprendre qu'un jour, ici, j'aurais des chats pour toute progéniture. Et de lourdes rides devant ce petit miroir que j'évitais tout le temps comme une vieille connaissance désagréable à qui l'on n'a plus envie de dire bonjour. Les seules traces de ma présence en ces lieux étaient invisibles. J'entretenais une relation secrète avec mes murs blancs, qu'aucune tache d'aucune fête n'avait jamais esquintés.

Sur ces murs-là, j'avais passé des nuits à me faire des films, à projeter mes fantasmes comme d'autres ne ratent jamais l'épisode quotidien de leur feuilleton favori. Sur ces neuf mètres carrés en face de mon lit, j'avais développé une existence parallèle qui contrebalançait ma réalité pourrie. Chaque fois qu'on se moquait de moi, en vrai, je me mettais à rougir ou alors je riais bêtement, juste pour éviter qu'on ne s'attarde sur le sujet. Je ne trouvais jamais la bonne réplique à temps. Ou pire encore, la bonne réplique ne franchissait pas la frontière de mes lèvres de peur de me faire allumer de plus belle. J'avais l'ego comme une plaie béante. Du coup, pendant la nocturne, je corrigeais les erreurs de scripts.

Le rituel voulait que je décroche d'abord la lithographie, une vague reproduction de *La Jeune Fille à la perle* dans un cadre rouge bon marché. Pas de coffre secret planqué derrière. Non, je révélais juste l'écran, la toile nécessaire à ma petite projection. Je me préparais un coca glace, et je calais deux gros coussins derrière mon dos. Le disque de Barbara se mettait à jouer *Dis, quand reviendras-tu ?*, musique de générique que je connaissais par cœur. Et je rejouais en boucle les pires scènes de ma vie, y ajoutant quelques modifications, les quelques détails qui m'empêchaient d'être une idole de la société : mon manque absolu de repartie, ma timidité angoissante et ce corps qui n'était qu'un gros morceau de complexe. Je n'aurais pas supporté la présence d'un autre spectateur. Le film n'était pas bon et je le savais très bien. J'invectivais une grosse boulangère qui avait pris l'habitude de me dire : « Qu'est-ce que vous avez mauvaise mine, dites donc ! Vous êtes malade ? », dès que je franchissais le seuil. « Et toi, pauvre conne, l'obésité, c'est génétique ou tu as avalé sans faire exprès le contenu entier de ta vitrine ? » D'autres fois, j'éclatais d'un coup de poing intransigeant la tête de ce petit bâtard de Roumain qui m'avait collé une main sur la fesse dans le métro, profitant de ma gêne pour me voler mon portefeuille. Celui-là, j'aimais bien me le repasser souvent. « Pourquoi tu m'emmerdes, hein ? Je comprends l'état de ta misère sexuelle. Avec la tête dont le sort t'a fait cadeau, ça doit pas être facile de perdre ton pucelage. Même une pute hésiterait. » Je savais que c'était sordide, que je remuais une boue sans saveur, un bouillon fade de soupe populaire que j'avais dû mal avaler. Mais c'était mon remède, celui qui m'empêchait de mourir d'aigreur.

Ce soir-là, je m'étais versé un verre de vin rouge. La scène n'attendait que moi. L'écran réclamait son lot d'images anxiolytiques. Faites-moi le plein de super que je puisse repartir. Mais, dès que Barbara a eu fini de se plaindre de son amant en éternelle vadrouille, Lola a fait irruption sans frapper.

Sa silhouette se découpait clairement sur mon mur. Elle était mince, Lola. Petite mais parfaitement proportionnée, comme les poupées qu'on m'offrait il y a longtemps. Juste un peu trop sèche et musclée pour qu'on ait envie de jouer avec. Elle me proposait d'aller danser et, toutes les deux, on investissait la piste de cette boîte ringarde où je m'étais aventurée, le mois dernier, avec Carole. Ce qui me plaisait le plus, c'était notre manière de ne prêter aucune attention aux regards des autres. J'avais envie de légèreté, de nos cheveux bruns qui collaient au rythme des basses et se rejoignaient parfois comme deux armées ennemies. Nos talons trop hauts assommaient de conserve le lino poisseux. Je me permettais de refuser le verre que me tendait en silence un inconnu aux yeux bleus. Je snobais quelques connaissances et je me disais que c'était de bonne guerre puisqu'il leur arrivait souvent de ne pas me reconnaître en public, comme si mes traits changeaient en fonction des décors. J'étais grisée par cette impression d'être deux contre le reste du monde. D'habitude, mes œuvres imaginaires n'étaient pas plus joyeuses qu'un film de Rohmer. Misérable réalisatrice, même mes couchers de soleil jouaient mal. Mais pas cette fois, j'aurais juré que ces images avaient été capturées pour de bon par un voyeur maniaque armé d'une caméra DV. La lumière sonnait vraie, je pouvais presque palper l'envie des autres et tout paraissait sur le point d'advenir. Un jour, avec Lola, nous serions au Blue Note.

Ce qui changeait évidemment par rapport à mon escapade réelle avec Carole, c'est qu'on ne nous avait même pas laissées rentrer. « Soirée privée, désolé. »

Le téléphone a sonné et je n'avais pas besoin d'être médium pour savoir que c'était Carole, justement. Elle appelait pour prendre des nouvelles deux fois par semaine, elle vérifiait en quelque sorte que ma vie était aussi palpitante que la sienne, comme si nous étions liées par un pacte d'égalité : il ne m'arrive rien, il ne t'arrive rien, nous sommes amies dans l'indifférence générale. Elle a eu l'air un peu surprise, inquiète, quand je lui ai proposé qu'on se retrouve dans un bar du quartier pour discuter. Mais elle a accepté, à condition qu'on ne s'éternise pas, elle devait se rendre tôt à la bibliothèque le lendemain matin.

J'ai décidé de m'habiller un peu, pour l'impressionner. J'ai enlevé mon peignoir et j'ai fait un effort ultime. Je me suis plantée devant la glace. Une silhouette pas trop moche mais un problème flagrant de nonchalance. Les épaules musclées, la taille fine, le cul un peu mou, ce corps enchaînait mal les tendus et les relâchés, comme une partition de musique truffée de fausses notes. Il manquait un rythme, une cohérence qui auraient permis de me définir d'un mot, tonique, lascive, forte ou même laide. Au lieu de cela, je n'existais qu'en pièces détachées, jolis seins ou grosses fesses. Cela valait aussi pour mon visage. Tous les morceaux du puzzle étaient trop grands ou mal placés, la bouche large, de grands yeux marrons, cerclés de cernes bruns. Je ne me trouvais mignonne que de trois quarts-profil. Et ce n'est pas évident de regarder toujours les gens de trois quarts-profil. Je suis allée me chercher une robe en laine vert amande que je m'étais achetée dans un moment d'allégresse deux ans plus tôt.

Carole a fait une drôle de moue en me voyant arriver. Moi, j'ai ressenti un truc bizarre en m'asseyant en face d'elle. « Tu vas bien ? » Je nous regardais de loin. Nous étions deux plaques tectoniques, deux blocs encastrés, réputés immuables. Mais, suite à un tremblement de terre imprévisible, un ouragan baptisé Lola, nos situations avaient été légèrement modifiées. Je venais de m'élever de quelques centimètres au-dessus d'elle.

Elle m'a dit que c'était bizarre, cette queue-de-cheval. Et mes ongles ! Mes ongles étaient rouges. Est-ce que je m'étais déguisée en fille pour voir ce que ça faisait ? J'ai prétendu que c'était pour le boulot, un genre d'obligation par rapport aux clients. Je me rendais compte qu'elle, elle ne changeait jamais, toujours la même, des sourcils aux sandales. Ce fond de teint trop opaque qui emballait sa figure comme un masque et ce demi-sourire qui laissait deviner sa manière de tout faire à moitié. Elle flottait dans un pull un peu trop large dont elle me vantait souvent les vertus amincissantes, comme si quelqu'un était tenté de croire que sous ce linceul esthétique se cachait une sirène. J'ai eu une révélation. En fait, je la détestais. Juste pour le symbole. Son seul visage me rappelait nos milliers d'heures perdues à ne rien vivre, réfugiées dans des livres intelligents, un bouclier de culture. Nous étions des ratées, des pauvres filles, électrocardiogramme plat, dévastées par le néant et prêtes pour la maison de retraite. La première arrivée a gagné ! Nous n'avions pas su quitter nos parents, changer de pays, ni même de quartier. Je voulais assassiner ce « Nous » inclusif, désunir nos destins et imaginer qu'un jour, le cœur faussement lesté de remords, je lui enverrais une boîte de chocolats pour Noël dans son asile de vieux.

Carole faisait des efforts désespérés pour m'intéresser à sa conversation, elle me parlait politique, chatouillait mes convictions. J'étais incapable de répondre. Dans ma tête, j'étais avec Lola, je me demandais ce qu'elle aurait pensé du tableau et je pressentais le mépris qu'elle aurait voulu me cacher si elle avait été là. « Tu ne trouves pas cette nouvelle circulaire sur l'environnement un peu osée ? » Je ne pouvais plus supporter cette manière de s'intéresser au monde pour oublier sa vie. J'ai avalé mon verre pour occuper ma bouche, espérant me taire encore un peu. J'ai retenu jusqu'au dernier moment les phrases définitives qui allaient construire entre nous une barrière électrifiée que plus personne ne franchirait. Et j'ai fini par craquer. J'ai fini par lui dire à quel point je la trouvais ennuyeuse. J'avais fait d'elle un portrait à la Dorian Gray et je m'insultais à voix haute en lui crachant des horreurs au visage. Je ne pouvais plus accepter de partager ses névroses, son manque d'envie, son absence de courage. Cette manière de croire que la fin nous donnerait raison. Les êtres vivants, eux, fumaient et mouraient d'un cancer des poumons, ils buvaient et crevaient d'une cirrhose, ils baisaient et chopaient le sida. Nous, nous faisions tout bien, propre, comme il faut, la vie à l'abri de tout danger. Et nous mourions d'ennui. Et ça, c'était quand même la plus nulle des morts qu'on puisse imaginer.

À la fin de ma tirade, elle est restée sans mot. Elle a sorti ce petit porte-monnaie à motifs indiens que je détestais aussi à ce moment précis, un porte-monnaie d'économe où l'on met juste les trois euros nécessaires à payer son verre avant de sortir de chez soi. Trois euros et pas un centime de plus, histoire de ne pas être tenté de se resservir. Elle s'est levée et m'a dit : « Ma chère Raphaëlle, tu files un mauvais coton. Ça fait bien trop longtemps que tu ne fais plus rien de ta vie, que tu ne prépares plus ton avenir. Je me demande bien ce que tu vas devenir. » Il y avait de petites larmes médiocres aux coins de ses yeux. Elle a claqué la porte du bar en sortant, le plus haut signe de rébellion dont soit capable pareil être. Je suis repartie méchante, heureuse et soulagée d'avoir rompu avec la pire part de moi.

7

En quelques semaines, j'avais pris mes marques. Les clients paraissaient interchangeables. Classe moyenne, secrétaires habillées en prêt-à-porter espagnol, futures femmes au foyer, les doigts déjà légèrement abîmés par une surconsommation de produits ménagers, et maris en costumes de VRP. On sentait leur joie volatile, on sentait que tout cet artifice festif allait disparaître sous des tonnes de plats micro-ondes, d'enfants qui crient leur rage de dents et d'insomnies de fin de mois. Je devinais déjà comment leurs mains allaient vieillir, avec des taches éparpillées, de précoces fleurs de cimetières, et des souvenirs de cornes un peu partout sur leurs paumes. J'admirais leur résignation joyeuse sans comprendre pourquoi tous allaient à la guillotine avec le sourire. Je crois que le fait de côtoyer de trop près cette institution me vaccinait définitivement contre le mariage. Mais j'aimais bien cette impression de maîtriser l'espace, de savoir exactement où se trouvaient les produits, d'être capable de mettre la main sur un modèle au sous-sol même dans le noir. Je me sentais chez moi à la boutique. Je m'étais habituée aux exigences absurdes de mes clients. J'arrivais à l'heure, conseillais mal mais discrètement et attendais avec impatience que sonne la pause déjeuner pour me retrouver seule avec les filles.

Ce midi-là, Cindy nous a annoncé qu'elle avait rencontré quelqu'un. Son décolleté souriait jusqu'aux oreilles. Lola avait l'air suspicieux d'une mère. « Qu'est-ce qu'il fait dans la vie, c'est encore un barman à tendance acteur ? » Elle a secoué la tête. Il travaillait dans la finance et gagnait bien sa vie. Il était beau et gentil. Cindy ne devait pas avoir plus de quinze mots de vocabulaire. Et je me disais que la vie devait être incroyablement simple quand on n'avait pas les moyens techniques d'envisager la complexité du monde. Lola continuait son offensive, les doigts couverts de mayonnaise. « Tu l'as rencontré où ? En boîte ? C'est un coureur, c'est sûr. » Cindy ne se démontait pas, elle restait stoïque sur ce ring, accusant les coups sans sourciller. La vieille Augustine tendait l'oreille depuis son zinc, faisant semblant, comme à l'accoutumée, d'être absorbée par le rinçage de ses verres sales. Au troisième round, elle est intervenue en arbitre scrupuleuse.

— Arrête de l'embêter, Lola. Pourquoi tu t'en prends toujours aux gens qui vont bien ? elle lui a demandé.

Les yeux de Lola lui ont envoyé une rafale sèche et meurtrière.

— Pourquoi tu t'occupes pas de ta lessive, Augustine ? C'est pas toi qui vas la consoler dans trois semaines quand son financier aura mis les voiles avec un mannequin bulgare.

— Ça n'arrivera peut-être pas, me suis-je permis de remarquer.

— Tu ne vas pas t'y mettre aussi, a hurlé Lola. C'est quoi votre truc, une ligue pour le droit à la déception amoureuse ? Je connais Cindy depuis pas mal de temps et je sais comment finissent ses histoires. Mal, en l'occurrence.

Cindy a enfin daigné baisser la tête vers son décolleté qui commençait un peu à tirer la gueule.

— Je suis encore en train de passer pour un monstre, a repris Lola, parce que tu t'es bien gardée, Cindy, de leur raconter, à tous ces amis justiciers qui volent à ton secours, que tu en es aujourd'hui à ta troisième tentative de mariage. Dont deux échecs retentissants. Mademoiselle se fait planter à vingt mètres de l'autel par un premier gentleman qui s'est finalement rendu compte qu'il en pinçait pour la demoiselle d'honneur, un classique du genre. Forte de cette expérience, elle se fiance un an plus tard avec un autre crétin, un Italien cette fois, qui s'est fait la malle quelques jours après parce que ses affaires périclitaient et qu'il avait le mal du pays. En faisant la valise, l'amoureux du Sud a juste oublié d'emporter une chose. Il n'a pas oublié sa brosse à dents, il n'a pas oublié sa crème solaire. Non, il a oublié de prévenir sa fiancée, qui a eu le plaisir de trouver son appartement vide en rentrant un soir du bureau. Cindy est une multirécidiviste. Au lieu d'accepter l'idée que le sort lui a offert un don, l'immunité à l'union sacrée, elle s'obstine à se faire passer la bague au doigt par tous les tarés pervers qui croisent son chemin. Elle est carrément en train de mettre au point le guide Michelin des connards d'Europe. À chaque fois, elle jure de ne pas replonger et comme tous les grands alcooliques, dès qu'elle se permet un petit verre, elle repart dans ses délires. Alors, excusez-moi de me méfier un peu à sa place, mais il y a quand même des antécédents. Quant à toi, Cindy, petite pimbêche, tu ne dis rien pour me défendre, tu prends ta pose de pin-up martyre mais la prochaine fois qu'il faudra aller pleurer à la boutique pour que Gérard accepte de te rembourser la robe sous prétexte qu'elle n'a pas servi, ou pas beaucoup en tout cas, tu te débrouilleras toute seule, c'est compris ?

Lola a rangé ses mains furieuses dans les poches de son trench avant qu'elles ne frappent quelqu'un. Et elle a tourné les talons, abandonnant Cindy et son morceau de steak, refroidis. Rideau. Les habitués étaient ravis, ils tenaient un bon sujet de conversation jusqu'à la fin de la pause syndicale. « Je sais qu'elle a raison, a soufflé Cindy. Mais elle n'était pas obligée de le dire comme ça. » Cindy était mal en point, un désespoir liquide au bord des paupières. Mais honnêtement, j'en avais rien à foutre des humeurs de Cindy. Elle n'était qu'un élément du décor, et encore, un élément dont je me serais volontiers passée, faute de savoir qu'en penser. Mi-sincère, mi-emprunté, son chagrin n'était pas assez joli pour me donner envie de la consoler. Alors je l'ai laissée seule face à son assiette. Sans grand remord, parce qu'a priori, elle avait l'habitude de se faire planter sans plus d'explication. Et j'ai couru à la boutique rejoindre Lola.

Quand je suis arrivée, elle fumait une cigarette nerveuse sur le pas de la porte. « Ne me dis rien, tu comprendras plus tard pourquoi j'ai fait ça », a-t-elle tout de suite ajouté, avant de refermer cette parenthèse colérique comme on claque une porte. J'étais paumée par rapport à Lola. Elle avait toujours l'air d'avoir raison au final, mais ses manières, la brutalité de ses expressions la rendaient difficilement supportable. Je savais que je trouvais la vie bien plus intéressante maintenant qu'elle en faisait partie. Et en même temps, je redoutais de m'attacher à elle, de lui faire confiance, de lui livrer mes faiblesses pour me les voir resservies un jour à table devant quinze inconnus, comme un plat qui se mange méchamment froid. Devenir l'amie de Lola, c'était tenter de faire pote avec le feu.

Trois femmes sont entrées dans la boutique, en faisant un maximum de bruit, bracelets en toc qui s'entrechoquent, chewing-gum mâchouillé entre deux mots vulgaires et téléphone portable qui couine. Une nuée de pies avec des ongles longs comme des becs qui attaquaient les robes à paillettes. Lola a sonné l'alerte. La première avec une queue-de-cheval et un gros rouge à lèvres dégoulinant cherchait sa tenue et les deux demoiselles d'honneur derrière ponctuaient chaque phrase d'affirmations contraires.

— Je crois que je vais prendre celle-là, dit-elle en désignant un modèle à dentelles bigarrées qu'une sexagénaire mi-aveugle aurait hésité à porter pour une soirée de charité.

— Non, elle est trop m'as-tu-vu, c'est horrible, a répondu la demoiselle numéro 1.

— Je ne suis pas d'accord, a répliqué la numéro 2, je pense que tu mérites un truc un peu clinquant. Qu'il n'y ait pas une autre greluche pour briller plus que toi.

— On peut vous aider ? ai-je poliment demandé.

— Non, ont crié les deux harpies enfin d'accord.

Le cortège a continué à se crêper le chignon aux quatre coins de la boutique.

— Oui, une pointe de rose, tout le monde sait que tu n'es plus vierge.

— Non, hors de question, ça ne se fait plus depuis longtemps ces histoires de couleurs.

— Tu devrais te faire un chignon, genre grande élégante.

— Surtout pas, on va voir que tes oreilles si tu fais ça.

— Et toi, tu les as vues tes oreilles ? Elles feraient pâlir d'envie un éléphant d'Afrique. Non, sincèrement, les cheveux pour un mariage, c'est un chignon ou rien.

La mariée, harcelée, se laissait ballotter au gré de cette bagarre, sans jamais trancher. Et puis, elle a fini par exploser : « Mais taisez-vous, bordel ! » Et puis plus rien. Juste un petit sanglot et deux reniflements. C'était fou ce qu'il y avait comme larmes dans cette boutique. À la réflexion, ce qui était fou surtout, c'est que ce ne soit presque jamais des larmes de joie. Je me suis approchée, la fille était effondrée dans la cabine d'essayage. « Vous n'avez qu'à vous marier vous-mêmes, a-t-elle dit à ses suivantes. Ça a l'air de tellement vous amuser. Déjà, je suis même pas sûre d'en avoir envie, en plus, je dois subir vos hurlements de guenons. » Lola s'est approchée, m'a écartée doucement et a pris la fille dans ses bras. Un geste de mère qui console dont elle seule avait le secret. La fille s'est laissée bercer. « Allez faire un tour, nous allons discuter toutes les deux. » J'ai préparé un café aux deux harpies qui continuaient à s'engueuler à voix basse. « Tu vois, tu la fais craquer avec tes jérémiades. — Comment tu oses dire que c'est de ma faute, alors que c'est toi qui mets des “non” partout, dès que j'ai une bonne idée ? »

Dix minutes plus tard, la mariée est revenue, calme et même légèrement souriante. La magie de Lola avait opéré. Je la soupçonnais d'avoir une formule secrète pour résorber tous les chagrins du monde, une recette de famille transmise sur dix générations, et de ne vouloir la donner à personne. Lola lui a tendu une carte sur laquelle elle avait griffonné un numéro et lui a dit : « Vous reviendrez plus tard », avec ce petit clin d'œil qui efface tout. Les trois grâces sont reparties dans un concert de bling bling.

— Mais comment tu fais ça ? je lui ai demandé.

— Je t'expliquerai plus tard.

À ce moment-là, Gérard a débarqué de nulle part, les narines fumantes. Le petit bonhomme avait assisté à la scène depuis sa cachette et il n'était pas ravi.

— Ah, c'est comme ça que tu t'occupes des clientes ? Je t'ai vue faire de loin, petite traînée. Elles sont prêtes à rafler la moitié du magasin et toi, tu fais des simagrées, tu joues les Mère Teresa et tu renvoies tout le monde bien gentiment ? Parfois, je me demande si tu ne travailles pas en douce pour la concurrence, toi.

Il avait ce petit ton exaspéré qui vous pinçait le tympan mais Lola a continué à plier soigneusement un châle sans se retourner.

— Laisse-moi faire, j'ai ma stratégie. Elle reviendra seule et je lui fourguerai tout ce que j'ai envie de lui faire acheter.

— T'as intérêt à ce que tes prévisions soient justes, Madame Soleil, sinon tu me files ta démission avec une bonne raclée en guise d'indemnité de départ. Et ça, c'est un futur garanti 100 % fiable !

Il est retourné dans sa planque avec sa démarche de Playmobil guerrier. Il a raflé une partie de la caisse et il est parti la perdre en faisant tinter le petit grelot de l'entrée à toute volée.

« Ce grelot, c'est bien la seule personne qu'il fasse trembler », a sifflé Lola entre ses dents. Et elle a reposé sa pile de linge sur l'étagère. Encore une journée ouragan dans le sillage du capitaine Lola. Je sentais, toujours plus solides, les liens qui m'amarraient à elle. L'admiration que je lui portais m'interdisait de rater une seule heure de boulot. Et les films que je me faisais le soir sur mes murs ressemblaient un peu plus chaque jour à des films d'action.

8

Gérard nous avait prévenues que nous pourrions partir plus tôt ; il avait organisé une petite sauterie avec d'autres joueurs à la boutique et voulait nous voir déguerpir à seize heures. « Tu viens avec moi Raphaëlle ? Je vais chercher ma fille chez sa nounou. » J'étais trop contente d'accomplir cette corvée parce que j'adorais tous les moments que je passais avec Lola loin de *Mariage 2000,* ces moments trop rares qui me donnaient l'impression que nous étions amies. On a pris le bus vers le canal de l'Ourcq. En chemin, elle m'a posé des questions sur ce que je faisais le soir après le boulot. Je lui ai avoué que c'était très calme, que la plupart du temps, je rentrais chez moi seule avec un bouquin. Elle a continué à m'aiguillonner, à m'interroger sur les garçons que j'avais fréquentés. « Tu vas pas me faire l'innocente tombée du nid, t'as bien dû y toucher quand même ? » J'avais à mon actif une seule histoire digne de cette appellation. Deux ans plus tôt, j'avais rencontré Nicolas, un type plus âgé que moi qui s'était improvisé scénariste. On s'était croisés chez des amis et je ne saurais jamais dire s'il m'avait plu ou si c'était sa manière de s'intéresser à moi qui m'avait charmée. Manquant cruellement d'expérience, quand il m'avait dit : « La justification, c'est la mort du couple », je l'avais trouvé épatant. Je n'avais pas compris tout de suite ce qu'il entendait par là. Au bout de la troisième nuit, il m'avait convaincue de la nécessité d'habiter ensemble, d'autant qu'il devait quitter un appartement dont il ne payait plus le loyer depuis huit mois. J'avais commencé ma seule romance comme on signe un bail. Bien sûr, il m'impressionnait, son aisance, sa manière de ne jamais savoir où il voulait aller tout en restant chez moi la plupart du temps. C'était un vrai garçon, obsessionnel, capable de consacrer trois heures d'attention pure au mode d'emploi d'une machine à expresso. Il ressemblait à merveille au gendre que mes parents n'espéraient pas. Avec moi, il s'est très mal conduit dès le début, histoire de ne pas donner suite à toute forme d'espoir. Il mentait sur des rendez-vous qui n'existaient pas, prétendant être à deux doigts d'une opportunité incroyable, il mentait sur son emploi du temps, m'assurant qu'il planchait avec un ami sur un nouveau texte quand il voyait d'autres filles, mais, surtout, il mentait très mal, ce qui était la pire preuve de sa mauvaise volonté. Il était grossier, laissait traîner tellement d'indices que le jeu de piste n'en valait pas la peine. Comme j'étais malheureuse et que mes parents détestaient ce raté, je pensais vivre une histoire d'amour importante à laquelle il ne fallait pas renoncer. Je m'escrimais à jouer des scènes maritales sans jamais obtenir la moindre réaction. Il m'avait prévenue dès la première minute : « La justification, c'était la mort du couple. » Apparemment, et contre toute attente, il tenait trop à notre histoire pour risquer de la tuer en m'expliquant d'où pouvait bien venir cette note d'hôtel allongée sur la table basse du salon. Moi, obstinée, je prenais cette vie en patience. Je l'écoutais.

Lui ne parlait jamais que des choses qu'il ratait. Si bien qu'il donnait à sa réalité une couleur inquiétante, un gris d'avant l'orage. Son ciel craquait de partout sans raison. C'était l'angoisse qui tirait sur la toile jusqu'à explosion. Pas grand-chose à faire pour lui, attendre que passe la pluie. Et puis balayer cette odeur de soufre d'une caresse un peu large sur son front blême. Le temps laissait des traînées profondes sur son visage. Moi, j'existais en marge comme un objet posé au bord de sa vie intérieure. Il ne me donnait que des longs monologues, rapports compliqués de cette activité cérébrale que je ne connaîtrais jamais tout à fait. Libre à moi d'accrocher mon wagon à sa locomotive. Il ne m'en empêchait ni ne m'y encourageait. J'étais seule décisionnaire en matière de couple, lui avait déjà bien du mal à gérer sa propre personne, à se mettre en ordre, à se rassembler. Souvent le soir, je rentrais et je le trouvais en puzzle, ses idées éparpillées aux quatre coins de l'appartement comme des Post-it invisibles qu'il aurait laissés traîner. « Penser à régler mes factures », « Penser à appeler mon frère. » Il pensait très peu spontanément et jamais à moi, finalement. Et lui, lessivé par sa propre tornade, il gisait, étalé sur le petit canapé. Un vieux morceau de jazz accompagnait sa dérive. Et je devais faire de grands gestes, presque une danse du ventre, pour récupérer un peu d'intérêt au fond de ses yeux, lui rappeler que j'étais là, en chair et en os, penchée au-dessus de ses lèvres closes, prête à baiser des paupières endormies.

La communication était un genre de guerre que je menais avec courage, tous les soirs, à la table du dîner. Parfois il m'écoutait le regard vitreux, je sentais qu'il avait mis son image sur pause et qu'il tournait un autre film dans sa tête. Parfois, il parlait de ses affaires, celles qui le contrariaient, évidemment. Rarement, nos deux langues se rencontraient au détour d'une gorgée de vin, celle de trop généralement, celle qui permettait enfin les confidences, nous réglait sur la même longueur d'onde pendant une vingtaine de minutes. Heureusement, le soir, nos bras réconciliaient des vies si distantes. Et le sommeil passait l'éponge sur quelques années-lumière de différence.

À la longue, usée, j'avais fini par me réfugier dans mon propre cerveau, construit autour de moi un mur d'indifférence, lui renvoyant son manque d'humanité au visage comme une balle de tennis. Et puis, on s'était perdu de vue dans notre propre appartement. Seules nos brosses à dents se côtoyaient encore. J'étais tombée sur lui, un samedi matin, en cherchant un classeur sur une étagère. Surpris de partager encore le même espace, on avait choisi de se séparer en bons termes. Propre et romantique comme une rupture de contrat.

— Et c'est tout ? m'a demandé Lola.

— Oui.

— Parfois, je te trouve inquiétante, tellement tu as peu de vices, a-t-elle conclu.

Ça m'a rendue un peu triste, ce constat. Et je me suis arrangée pour que la conversation ne vienne plus trop se promener du côté de ma vie. Elle m'a raconté de drôles de choses sur l'existence qu'elle menait quand elle vivait à la Goutte d'Or et se débrouillait entre des mecs un peu dingues qui remplissaient parfois son frigo au hasard de leurs allées et venues et des petits jobs pas glorieux. Elle avait même été livreuse de pizzas pendant quinze jours, avant de manquer de se faire violer par un buveur de bière américain affamé, mais pas seulement de quatre-fromages, et de tout plaquer sur quelques notes injurieuses d'une rare qualité.

Il y avait quand même une géographie propre aux emmerdes. Dans les quartiers que fréquentait Lola, on en recensait plus qu'ailleurs, comme si le terrain était favorable à leur reproduction. Et puis, elle avait commencé à se droguer. D'abord un peu, avec son ami du moment, pour rigoler le soir. Mais la demi-mesure n'étant pas son alliée la plus fidèle, ça avait vite dégénéré. Deux mois après son premier rail de coke, elle frôlait déjà la folie définitive. Elle prenait des trucs pour se coucher et puis des trucs pour tenir éveillée. Elle ne parlait pas la langue des posologies, snobait les effets secondaires. Elle avalait ses pilules comme une gosse son sac de bonbons. Son rythme n'était que la combinaison de réactions artificielles. Elle passait ses journées au bord de la rupture. Le monde ne lui dictait plus aucune loi. Ni la température, ni les saisons, ni l'heure. Elle avait tout régulé à l'intérieur, savant fou, livrant son corps à sa propre science.

Elle vivait sa vie en toc avec vingt minutes de décalage chronologique par rapport au réel, elle s'accrochait à un équilibre pharmaceutique. Chaque comprimé correspondait à un sentiment. Si quelqu'un faisait une blague, sa mâchoire restait crispée. Alors, elle avalait un cachet bleu euphorisant et retrouvait le sourire un quart d'heure plus tard. Si un homme la quittait, elle prenait un cachet rose, un relaxant qui attaquait sa méfiance, son *control freaks*, et, un quart d'heure plus tard, elle sentait les larmes monter. Quand, à table, ses amis se mettaient à bâiller discrètement à la fin d'un dîner, elle s'enfilait deux cachets gris, du sommeil reconstitué, et elle fermait les yeux en même temps que tout le monde. Tout ce qui lui restait comme repère, c'était la mémoire. Elle arrivait encore à se souvenir de ce qui allait ensemble, à rassembler les paires actions-émotions pour avoir l'air juste comme les autres. Normale, avec seulement quinze minutes de retard sur le monde.

Et puis elle a commencé à tout mélanger, à prendre les cachets dans le désordre, à apercevoir la lune à midi. L'étoile du berger culbutait le soleil. Elle réconciliait les astres dans un immense vertige. Chaque semaine livrait son lot d'amis zombis, êtres avec qui elle ne partageait jamais que des bières malgré des heures de discussion sans queue ni tête. Elle dévorait leur reste d'espérance juste pour rester en vie. Elle redoutait plus la solitude que le cercueil, le moment où les murs de sa piaule sale étaient parcourus d'ombres lasses. Fantômes de matin, fantômes de voitures. La vie lui faisait des appels de phares. Un jour, elle est tombée.

Trouvant enfin la nuit qu'elle avait tant cherchée, l'interrupteur qui coupait le jus de ses angoisses. Ravie de renouer avec une spontanéité physique.

Sauvée par un corps qui, enfin, disait non, qui voulait suivre des règles naturelles, manger et puis vieillir. Le dieu manipulateur de temps qui grondait en elle était décédé, laissant la place à cette petite femme qui menaçait de claquer.

Elle avait grillé par inadvertance une belle part de son autobiographie et, à l'époque, elle se plaisait à répéter qu'au moment de mourir, si sa vie défilait devant ses yeux, elle ne la reconnaîtrait pas et prierait ce con de projectionniste de remettre la main sur la bonne bobine.

Elle s'était battue à mort contre son corps. Mais l'autre avait fini par lui claquer la porte au nez. « Tu peux continuer mais cette fois, ce sera sans moi », refusant d'être plus longtemps le complice de cet automeurtre. Un mois de coma intellectuel où des femmes en blanc lui avaient réappris le cours de la normalité, les repas à heure fixe, les draps propres. Jour, nuit. Absence d'affrontement. Comme des vacances en moins libres, en moins dangereuses.

Et quand elle racontait ça avec des mots simples, elle était tout entière attachante, cette Lola, tant on sentait qu'on avait manqué cent fois de ne pas la rencontrer.

On a failli rater la station, paumées dans le passé fou de Lola. L'appartement de la nounou, perché au dernier étage d'un HLM, ressemblait plutôt à un squat. La jeune femme avait jeté en vrac dans la pièce des jouets cassés et des enfants. Ça braillait dans tous les sens et elle nous a ouvert la porte, des mèches folles plein le visage, harassée par un combat inégal, elle seule contre tous les mômes. Leïla, celle que Lola appelait pompeusement la nounou, était une jeune Arabe qui gardait les petits du quartier pour presque rien. Deux fillettes se disputaient une poupée chauve. « Chérie, viens ici. Ta maman est arrivée. » Chérie, c'était un genre de Mowgli des villes. Des cheveux courts et noirs, une salopette trop grande et la démarche d'un petit loubard de banlieue. « C'est qui elle ? », a-t-elle demandé en me désignant d'un doigt sévère qui rappelait ceux de sa mère. « C'est mon amie Raphaëlle, tu sais je t'ai parlé d'elle, a répondu Lola. Elle travaille avec moi à la boutique. Va lui faire un bisou. — Hors de question, a hurlé la môme en se jetant au cou de sa mère. Moi, j'embrasse que toi. Tu le sais très bien. » La franchise était a priori une maladie génétiquement transmissible. Comme il ne faisait pas nuit, on a été manger un hot dog sur le bord du canal. Chérie se tartinait consciencieusement la bouche de ketchup, en répétant : « Je suis un petit clown. » Cette môme me fascinait autant que sa mère. Elle avait cette allure solide, à l'épreuve des regards. Ces gestes qui imposent une volonté au monde. J'essayais de la faire rire, réduite à une sorte de pédophilie sociale honteuse où mon attitude entière réclamait l'amitié de cette enfant. Elle a grimpé sur mon dos, m'a ordonné de courir, de tourner, de faire des pirouettes. Avant de se quitter, au bout de mille pitreries, elle s'est accrochée à mon cou et m'a dit : « Tu es ma copine, toi. » Un soulagement a soufflé une brise en moi et je me suis trouvée bien minable d'avoir couru après cette maigre récompense.

9

Une fois de plus, j'étais en retard. Le bus était bloqué dans un embouteillage en béton armé. Je suis descendue deux stations plus tôt et j'ai couru jusqu'à la boutique. Quand je suis entrée, Cindy discutait avec un type, joli comme les mannequins de magazines dont les minettes arrachent les pages pour les coller sur les murs de leur chambre. Un classe trois. Les filles avaient répertorié les hommes par niveau de difficultés. Un, les moches, gros, chauves, difformes, vieux. Ceux qui se mariaient par dépit, parce qu'il fallait bien, pour faire plaisir à leur mère et qu'ils avaient trouvé quelqu'un. Deux, les douteux. Plus neutres, au bord d'avoir du charme, intelligents ou drôles, mais jamais les deux en même temps. Ils n'arrivaient pas à s'en remettre, de n'être pas les meilleurs et devaient se prouver sans cesse leur capacité de séduction. Trois, les très beaux garçons, ceux dont les épouses étaient physiquement à la hauteur (exception faite des gigolos du coin qui avaient choisi des femmes riches ; nous étions en plein Barbès et aucun homme beau et riche à la fois n'aurait atterri dans notre boutique). Enfin, les incorruptibles. Ceux qui aimaient pour de vrai et ne céderaient pas. Mais ça, Lola affirmait qu'en deux ans de pratique, elle n'en avait jamais vu.

D'un coup de hanche pas discret du tout, elle a poussé Cindy pour prendre sa place. Je la regardais faire. Elle avait légèrement cambré le dos et, dans son regard, on aurait pu lire le mot « Séduction » en lettres capitales. Mais le mec n'avait pas l'air de plonger. Étonnant. En général, quand un client jouait le récalcitrant, on envoyait Lola, ultime joker. Et normalement, il craquait en moins de deux. Au départ, il regardait ailleurs, par principe. Parce qu'il était beau, qu'il avait l'habitude de se faire draguer et que s'il était là, c'était qu'il avait décidé de se ranger. A priori. Son petit cinéma ne durait jamais plus de dix minutes. Avec Cindy, on avait chronométré plusieurs fois. Progressivement, il cédait à ses gestes qui ordonnent. Elle branchait le type sur ses pupilles comme sur une prise de courant, source de son sex-appeal. C'était marrant de regarder les hommes se battre, gants de boxe aux poings, contre leur propre instinct. On pouvait presque lire ce qu'ils pensaient, en sous-titre au bas de l'écran. Ils commençaient par s'engueuler. « Non, je peux pas faire ça. Je vais quand même pas craquer en allant acheter un costume pour mon mariage. Si Stéphanie me voyait, elle me ferait une de ces crises. » Quelques battements de cils plus tard, ils en étaient à : « Après tout, je fais rien de mal. J'ai le droit de regarder. Je suis un homme, merde. Et puis, elle est même pas là, Stéphanie. » L'étape suivante, c'était la scène conjugale solitaire. « Elle me fait chier, Stéphanie, à me surveiller tout le temps. De toute façon, qu'est-ce qu'elle croit ? Qu'un mec peut passer toute sa vie à baiser la même fille ? » À la fin, le client n'était plus qu'une parfaite métonymie : il se résumait tout entier à sa bite bandée. « Putain, elle est bonne, je donnerais tout ce que j'ai pour juste lui mettre un coup. » Le mot « Stéphanie » avait carrément disparu du texte.

Mais ce type-là examinait avec attention l'étoffe de la veste. À côté de lui, les mannequins de plastique semblaient moins parfaits. C'était étrange comme certaines présences vous modifiaient le décor. La boutique avait toujours été cheap, les fleurs de plastique kitsch, la moquette trop épaisse, tachée pour toujours par les chaussures boueuses des mariés de l'automne. Mais ça ne nous choquait pas. Et puis, un homme entrait, il était grand et, le menton dédaigneux, regardait au-dessus de nos têtes. Il évaluait le décor et tout à coup, on se rendait compte de la laideur de l'endroit. Une laideur crue sous les projecteurs de ses yeux métalliques. On avait honte toutes les trois, comme les propriétaires d'un F2 en banlieue qui recevraient à dîner une star de cinéma.

La salle rétrécissait autour de sa présence. J'avais l'impression que nous posions devant ses yeux, comme devant un appareil photo en essayant de montrer notre meilleur profil le plus longtemps possible. Mais son regard était ailleurs. Il a glissé sur Lola comme sur un tissu d'absence. Elle a pris sa féminité à deux mains, s'est recoiffée rapidement et s'est mise en travers de sa route.

— Qu'est-ce que vous cherchez exactement ?

Ses yeux ont fait un travelling pour redescendre vers la petite chose brune qui voulait attirer son attention.

— Je crois que je vais me débrouiller seul.

Adossées au mur, bras croisés, Cindy et moi admirions la partie d'escrime qui venait de s'engager.

— Vous devriez me laisser faire. J'ai en tête un costume qui vous irait parfaitement.

Il a changé de direction et expliqué qu'il cherchait en fait une tenue pour sa future épouse. Il a posé sa main sur une robe.

— Je peux l'essayer, ça vous donnera une meilleure idée de ce qu'elle rend, une fois portée.

— Non, ça ne m'aidera pas, ma femme est beaucoup plus grande que vous.

Cindy a pouffé. « Je crois que Lola ne remportera pas cette manche », a-t-elle dit tout excitée, et je trouvais bizarre sa façon de soutenir le camp adverse. Lola a pourtant entrepris de passer la robe. Elle est sortie et s'est tournée vers le mec, un air de Madone parfumait ses traits quand elle lui a dit : « Aidez-moi à remonter la fermeture Éclair. » Le type s'est exécuté. Elle s'est légèrement penchée en avant. Il a caressé son dos par mégarde, frôlant les omoplates en voulant la rhabiller. Elle lui a souri, diaboliquement naïve. Et je comprenais mieux ce qu'elle m'avait enseigné, la correspondance secrète entre la bouche et les yeux. La scène était totalement érotique. Elle s'est retournée vers lui, fière d'elle. Et il a eu ce frémissement au niveau des narines, un truc primitif, un réflexe de taureau, trahissant une furieuse envie de lui rentrer dedans. Bienvenue dans l'arène. Le type était cuit. Une fois le mec à terre, pris dans ses filets de chair, elle l'a baladé d'un coin à l'autre de la boutique, lui fourguant suffisamment de camelote pour marier toute sa famille. Il attrapait les fripes mais ne s'intéressait qu'à elle, lui posait mille questions sur sa situation. Lola répondait ingénument, sans rien dire de précis, jouant la petite fille malicieuse. Elle lui a pris sa carte de crédit des mains, l'a aidé à composer le code, gardant les yeux dans ses yeux comme un charmeur de serpents. Il lui a laissé une carte de visite et est reparti, chancelant sous les paquets, ému et amoureux pour de bon. Lola a regardé le petit bout de carton avec mépris et l'a déchiré. « Quel con, c'était trop facile. Vraiment, c'est beaucoup trop simple de comprendre comment marche un homme. Je préfère encore me battre avec des nanas, c'est plus amusant. » Lola était le mec le plus dur que j'aie jamais croisé.

J'ai réalisé qu'on vivait une drôle d'époque. Après quelques décennies de guerre brûlante, hommes et femmes prétendaient faire la paix. On avait joué la carte de l'égalité, mais l'égalité n'est qu'un point de patinage, un moment fragile où frein et accélérateur se rencontrent et s'accouplent. Un moment magnifique qui ne dure pas. Un moment, pas un état. Quelques secondes historiques de fusion, difficiles à identifier. Sur une ligne temporelle, on les placerait entre le droit de vote pour les femmes et les avatars tristes des mouvements féministes qui réclamaient une liberté déjà en place. Des post-féministes comme, au siècle dernier, on avait vu naître des post-soixante-huitards. Pour résumer, des « post », des gens qui arrivaient trop tard pour entériner des mesures déjà en vigueur.

Les quelques hommes que j'avais pu approcher, amis ou amants, avaient des accents communs. Longtemps, je n'ai pas compris ce qui reliait des types aussi différents. En vitrine, rien ne changeait trop. Les attributs étaient les mêmes, du sexe au match de foot, fidèlement identiques aux divertissements de leur père. Et puis, très vite, sous les doigts curieux qui sondaient des mecs semblables, on trouvait une faille. Derrière les cris des supporters, un cœur cognait. Un cœur rendu sensible par l'époque. Les hommes avaient appris à ausculter leurs sentiments. Les icônes de leur jeunesse étaient des mecs androgynes, des chanteurs au maquillage outrancier qui flirtaient avec le malheur, la faiblesse à fleur d'épiderme. Une sensibilité qui poussait comme une excroissance derrière l'armure, un cancer sentimental que rien ne pouvait arrêter. Leur désir de lâcher la corde, de se laisser diriger était palpable à main nue. Ils avaient envie de faire la vaisselle, de s'amuser, de goûter à la légèreté et de ne plus jamais s'inquiéter de la stabilité du marché de l'emploi ou de la survie d'une famille. Ils avaient envie de se laisser bercer par une inactivité productive, d'être artiste sans contrainte pendant que quelqu'un d'autre trimait avec le réel.

Le point de patinage n'existe pas. Les filles ont gagné le droit à leurs problèmes. Elles se sont bien battues et maintenant, elles ont le droit de travailler, de s'occuper de l'électricité et du frigo. Ça, c'est justice. Il faut bien alterner et d'autres générations d'hommes ont payé pour cette tranquillité. La vraie quille se mérite, non sur une vie, entre le début et la fin, mais sur plusieurs branches d'une descendance.

Mais, en abdiquant, les hommes ont singé toutes les attitudes du sexe opposé. Ils cultivent avec soin leur sensibilité. Souvent même, ils souffrent pour de bon. Ils ont des chagrins d'amour et refusent de se battre parce qu'ils ont appris à parler, à utiliser des mots à la place des poings. Ils vivent une ère diplomatique. Les femmes ne testent plus contre eux leur force. Un jour, ils en auraient marre. On était, à coup sûr, le siècle qui allait voir naître le virilisme, mouvement spontané pour réhabiliter le macho originel. On pouvait déjà imaginer des troupeaux d'hommes à pancartes, scandant dans l'hiver des slogans entourés de buée. Une lutte pour le retour à un ordre antérieur, pour une égalité qui n'existait pas, un éternel recommencement. Un mythe, tout simplement.

En attendant la prochaine révolution des planètes, par souci de l'espèce et par esprit de survie, certaines femmes étaient devenues des hommes.

J'en avais croisé quelques-unes, de ces filles prophétiques qui avaient joué à la chaise musicale, échangé leur siège avec ceux de leur mari et s'étaient retrouvées coincées dans des corps sans biceps mais priées de soulever des montagnes. Ces avant-gardistes malgré elles étaient paumées entre deux déguisements qui ne leur allaient pas, avec une exigence implicite : « Inventez-vous une place. » Soyez des couturières et, une dernière fois, taillez-vous, sur des machines à coudre en voie d'extinction, des costumes sur-mesure. Ces femmes qui s'étaient toujours reniflées avec suspicion devaient apprendre la solidarité. Et elles ont su très vite se battre et se soutenir. Elles réglaient désormais entre elles des combats d'ego qu'elles ne livraient plus contre leurs moitiés. Les vraies luttes se jouaient entre ongles vernis et cheveux longs. En surface, les hommes regardaient des matchs de foot. En surface, rien n'avait changé. La révolution ne faisait pas de bruit. Les années quatre-vingt, sournoises, avaient abîmé nos hommes. Et Lola était évidemment l'une de ces femmes ambiguës, cherchant moins à séduire les hommes qu'à impressionner ses égales.

10

Le mois de septembre est arrivé par inadvertance. L'université menaçait de reprendre ses cours et je n'avais pas vu filer cet étrange été. Je commençais à regarder avec sympathie les cas sociaux qui défilaient entre nos murs toute la journée, nostalgique par anticipation, comme cette grosse mama noire qui poussait sa grande fille à l'intérieur de la boutique. « Allez, avance ! » La pauvre enfant avait l'air réjoui d'un condamné à mort à l'heure de sa dernière volonté. « Rentre, je te dis ! » Tous les regards se sont immédiatement accrochés à leur tandem. Souvent, la boutique avait un côté théâtre. La porte s'ouvrait comme le rideau se lève et jamais on ne savait quelle scène allait se jouer. « Avance Bibi, où je t'en colle une. Tu ne vas pas me faire ton cinéma devant tout le monde ? » Elle la secouait énergiquement mais Bibi avait les deux pieds ancrés dans le paillasson, ses bras puissants croisés sur sa poitrine, une posture de videur de boîte de nuit, l'élégance d'un demi de mêlée et elle ne bougeait pas d'un centimètre. « Tu peux faire ta mauvaise tête, ça ne changera rien. On va ressortir d'ici avec suffisamment de dentelle pour monter une mercerie et te déguiser en princesse. Samedi, tu iras à l'église avec Jean-Charles, que ça te plaise ou non ! » Elle l'a attrapée par le tee-shirt, tee-shirt sur lequel était inscrit, en délicates lettres rouges, *I love Satan* et, pendant un moment, j'ai bien cru que l'étoffe allait craquer, libérant violemment toute la mauvaise volonté de cette Bibi renfrognée. La mère a enfin réussi à déplacer sa fille jusqu'au portant des robes de gala et m'a fait signe d'approcher : « Vous êtes là pour applaudir à l'entracte ou vous comptez nous aider un jour ? » Je me suis tournée vers une Lola qui cachait mal son hilarité sous deux mèches de cheveux faussement baladeuses. « Ce que je cherche, a enchaîné la mama, c'est une robe spectaculaire, comme dans les films, avec des fioritures partout. Peu importe le prix, de toute façon, c'est la mère du garçon qui paye. On s'est arrangé comme ça, elle est riche, moi pas. Je voudrais que ma fille, ici présente, ressemble enfin à une fille. »

J'ai regardé les rangers de Bibi et son baggy qui tombait dessus, ses cheveux trop courts et son regard de baroudeur. Si je l'avais croisée une nuit, dans une ruelle mal éclairée, j'aurais probablement changé de trottoir pour ne pas y laisser mon sac. « Ne faites pas attention à elle, a repris la mama. Cette petite garce ferait n'importe quoi pour m'embêter et saboter mes plans. » Lola s'est avancée en diplomate qualifié et a demandé le droit de parler seule à Bibi. « Vous n'en tirerez rien de plus que moi. Mais si vous vous croyez plus maligne, allez-y. » Lola a entraîné l'autre au niveau des voiles, pendant que la mère continuait à torturer les robes de ses doigts boudinés. Je n'arrivais pas à entendre ce qu'elles se disaient. Les mains de Lola voyageaient dans l'air et toute sa petite silhouette s'agitait. Dix minutes plus tard, le rire de Bibi a explosé au fond de la salle. Et elles sont revenues en plaisantant. « C'est arrangé », a déclaré Lola sous les yeux écarquillés de la vieille sorcière. Ensemble, elles ont choisi une tenue toute simple que Bibi a essayé de bonne grâce. J'aurais bien aimé comprendre. Lola m'a fait un clin d'œil et, en passant à ma hauteur, elle a murmuré : « Il est grand temps que je t'explique. »

Quand la boutique s'est enfin vidée, Lola a demandé à Cindy de prendre le relais et on a été se poser chez Augustine. Je pensais qu'elle allait m'annoncer qu'elle était née avec le pouvoir magique de la persuasion et qu'elle pouvait convaincre n'importe qui de se plier à sa volonté. Ce qui m'aurait expliqué ce que je foutais encore là, dans cette satanée boutique, alors que l'été était passablement avancé, que j'aurais dû reprendre mes études bientôt et qu'au lieu d'envisager tout ça, je me spécialisais dans la vente de dentelles et de voiles en tout genre.

On s'est assises un peu à l'écart, Lola jetait de petits coups d'œil inquiets à la ronde. Un gros bonhomme en chemise à carreaux lui a demandé du feu et elle lui a carrément jeté les allumettes au visage. « Augustine, j'ai dit que je ne voulais pas qu'on me dérange ! » La vieille a soupiré. Ce bar-là était le vrai bureau de Lola, l'endroit où elle jouait à la patronne. Elle a respiré profondément, comme si elle s'apprêtait à battre un record d'apnée, s'est massé les tempes du bout des doigts.

Et puis, elle s'est lancée. « Raphaëlle, je t'ai pas choisie par hasard. T'es une fille intelligente, je l'ai su à la minute où je t'ai rencontrée. Et j'ai besoin d'alliées comme toi. » Je ne voyais pas très bien de quelle guerre nous étions en train de parler. « Nous savons toutes les deux que le mariage est une machine à bousiller les gens. Je veux bien croire à une amitié entre nanas, je veux bien parier toute la fortune du monde sur l'amour entre mère et fille, je veux bien même accepter les flirts passagers, mais le mariage, c'est un truc qui aurait dû disparaître en même temps que l'esclavage, la traite des Noirs et la peine de mort. C'est une institution qui devait au départ lier une dot à un homme et, aujourd'hui, les gens continuent à s'obliger à vivre peau contre peau, odeur vieillissante contre sourire jauni. On ne peut pas demander aux gens qui se sont aimés d'accepter de se regarder moisir le cœur léger. Et sans se faire de mal en plus. Alors, moi, j'ai choisi de travailler dans cette boutique parce qu'elle représente le cœur de cette machine. À mon petit niveau, j'aide à sauver les filles qui veulent bien l'être. J'ai pas fait d'études, d'accord, mais je sais lire l'hésitation dans un regard. Donc, dès que je sens qu'une fille s'est laissé embarquer malgré elle dans cette triste histoire de contrat sur la vie, je m'arrange pour discuter avec elle en tête à tête. Je la prends dans un coin, je la sonde, voir si elle a déjà de bonnes raisons de ne pas plonger avec le sourire. Si je la sens mûre, je lui propose de repasser seule, je lui laisse une carte avec mon numéro. Et, en général, elle finit par venir à nos réunions. Ces réunions secrètes, qui ont lieu ici d'ailleurs, dans l'arrière-salle une fois par semaine, c'est comme un réseau pour que les femmes s'entraident et sortent de ce guêpier. C'est aussi pour ça que j'ai fait engager Cindy, parce que je savais qu'elle m'aiderait. Elle avait au départ de bonnes raisons de vouloir éviter l'autel. »

Je n'avais rien compris au film, je m'étais escrimée depuis deux mois à vendre un maximum de camelote pour lui plaire alors qu'elle n'attendait que ma désobéissance. Une fois de plus, ma bonne éducation m'avait joué un sale tour. Je me repassais le film à l'envers. Maintenant, je comprenais mieux les étranges cartes postales qui disaient : « Merci de m'avoir rendu ma liberté », les signes complices qu'elle échangeait avec Cindy d'un bout à l'autre de la boutique, les discussions à voix basse avec les clientes angoissées qui finissaient toutes par retrouver le sourire et tous ses « Je t'expliquerai plus tard », qui m'agaçaient, m'effrayaient et m'intriguaient en même temps. Moi, j'avais voulu rentrer, tête baissée, honteuse, dans toutes les cases, devenir l'employée du mois. Comme si la vie était un perpétuel examen scolaire qu'il fallait réussir sous peine de choper une mauvaise note. Mon sens de la liberté était gros comme un petit pois. J'ai voulu amorcer un virage.

— Tu aurais pu me le dire plus tôt.

— Non, au contraire. Maintenant, tu es prête. Il faut que tu restes avec moi et que tu m'aides.

— Je n'aurai pas le temps avec mes cours.

— Raphaëlle, arrête de faire semblant. Tu ne sais même pas ce que tu veux faire de ces diplômes en papier que tu collectionnes. Je ne te le demanderai qu'une fois : est-ce que tu te sens capable de m'épauler et de mener cette tâche à bien ?

— Oui.

Elle a réglé les cafés d'une main de maître qui distribue les bons points. Et m'a conseillé de rentrer chez moi prendre mes dispositions. Je me demandais si, sous prétexte de prendre des libertés, je n'étais pas en train de me choisir un autre cadre plus strict. Mais dans le fond, elle avait raison et elle le savait. Qu'est-ce que j'allais faire de toutes ces récompenses universitaires, sinon une collection de cadres qui prendraient la poussière ? Je suis repartie chez mes parents, l'âme révolutionnaire. Je ne devais pas être en retard. On m'avait priée de venir dîner.

Monsieur et Madame étaient dans la salle à manger, droits et fiers, les mains gentiment posées sur la table. Une peinture du XVIIIe siècle à peine réactualisée. « Nous t'attendions », a dit ma mère, avec ce faux sourire qui sous-entendait que l'entrée serait tiède à cause de moi. J'ai senti monté à cet instant un dégoût familier, celui que j'avais éprouvé en voyant mon amie Carole. L'envie diabolique d'en finir avec cette part grotesque de moi. Ces repas où l'on ne mangeait que des phrases froides et des considérations sur le monde, réchauffées. Je leur en voulais de faire de l'avenir quelque chose de si peu surprenant et d'être aussi satisfaits de cette parfaite régulation. J'avais l'estomac en feu et l'impression palpable que les minutes étaient comptées. Il fallait que je me lance avant de perdre cet élan. Pour être franche, je n'étais pas vraiment une adulte affranchie. J'avais fait semblant d'emménager loin d'eux, tout en restant à portée de main. Et je tremblais secrètement de ne pas être à la hauteur, qu'ils ne m'aiment pas assez. Je n'ai pas attendu le premier coup de fourchette pour leur annoncer que j'arrêtais mes études, que je comptais rester chez *Mariage 2000* et devenir une professionnelle de la vente. Que j'étais heureuse d'avoir trouvé ma place entre Lola et Cindy.

Ils ont accusé la rafale sans broncher, leurs grimaces de cire figées, trempées dans le formol de la bienséance. « Il n'en est pas question », a répliqué mon père après une gorgée de vin. « Je ne vous demande pas votre avis. » J'ai quitté la table sans avoir touché à mon plat, sentant enfin cette adolescence tardive me monter à la tête et faire exploser en moi mille possibilités. L'avenir voulait enfin dire quelque chose. Je suis montée dans ma chambre, j'ai décroché la vieille lithographie et je me suis projeté un film mental complètement révolté. Lola et moi guidions le peuple des futures mariées vers une liberté certaine. Le sommeil m'a cueillie en pleine lancée, un sommeil assoiffé et franc, plein de projets réalisables.

11

Elle a accueilli la nouvelle sans applaudir et m'a juste dit : « C'est bien. » Les enthousiasmes de Lola n'étaient jamais proportionnels aux exploits accomplis. J'étais conviée à ma première réunion secrète chez Augustine ce mardi-là. À cette heure avancée, Barbès faisait une autre tête, plus agressive. Le quartier jouait au loubard, s'habillait en cuir et buvait trop. J'ai slalomé entre les interjections de clochards égrillards, pas très rassurée par l'ambiance. La grille du café était baissée et le bar avait l'air sacrément fermé. Un vent glacial s'amusait à me geler le bout des doigts. J'ai frappé. Rien. Au bout de cinq minutes, je me suis dit que Lola s'était bien foutue de moi avec cette histoire de réunion secrète, de résistance organisée. Qu'il fallait que ma naïveté rivalise avec ma bêtise pour que je me laisse berner si facilement. Au moment où j'allais repartir, Cindy est apparue, a relevé la grille et m'a fait signe de la suivre en silence. Il y avait une odeur moite de grotte. Des bougies éclairaient l'arrière-salle et jetaient des reflets dansants sur l'assistance. Une dizaine de filles tenaient une conversation animée mais à voix basse. Comme si quelqu'un avait juste baissé le volume avec une télécommande. J'ai reconnu Bibi au fond de la salle, bras croisés, campée sur ses jambes de marathonienne. Et je me suis dit que si on découvrait cette réunion et qu'il fallait se battre pour le droit à la liberté prémaritale, Bibi serait un bon soldat de première ligne, parce que je ne connaissais pas un seul type qui aurait voulu se cogner avec cette montagne. Il y avait aussi la femme trop maquillée qui était venue avec ses deux harpies de copines, celles qui se disputaient sans arrêt. Lola s'est levée en me voyant. « Ah, voilà ma nouvelle assistante, on peut commencer. Les filles, je vous présente Raphaëlle. » La foule a répondu « Salut Raphaëlle », en chœur. Ça ressemblait moitié à une réunion Tupperware, moitié au rassemblement hebdomadaire des alcooliques anonymes. Lola avait noué un bandana sur son front. Elle s'est assise sur une table et a croisé les jambes. « Je vous félicite. » Les chuchotements se sont tus. « Je vous félicite d'avoir eu le cran de venir. Je sais que ça n'a pas été une mince affaire pour la plupart d'entre vous, sauf pour Christine parce que son commercial n'est jamais suffisamment à Paris pour lui interdire quoi que soit. » Il y a eu des rires et une blonde toute menue a rougi comme une luciole dans cette semi-pénombre. « Vous êtes toutes là pour une bonne raison. Vous voulez échapper au pire. Dans quinze jours, un mois, on va essayer de vous faire entrer dans une toute petite cage, une cage équipée d'une cuisine, d'une télé, d'un téléphone et de tonnes d'obligations, comme celle de coucher toutes les semaines avec le même type qui va grossir et semer ses cheveux sur l'oreiller jusqu'à ce que la mort vous sépare. Et il vaut mieux que vous sachiez que souvent la mort est vicieuse, qu'elle se fait attendre longtemps et que ce même type a parfois le temps de perdre ses dents avant qu'elle ne vienne le chercher. Donc, il me paraît préférable de bien réfléchir avant de faire la même connerie que vos mères. D'ailleurs, regardez-les bien vos mères. Elles ont l'air heureuses sous leurs gaines ? Elles semblent se porter mieux d'avoir traîné leur foyer comme un boulet pendant toutes ces années ? » Elle avait le poing levé à la Che Guevara quand elle parlait, la gestuelle d'une révolutionnaire. Et, vu le peu de temps qu'elle avait passé en compagnie de manuels d'histoire, il fallait admettre que c'était inné chez elle.

La résistance existait depuis plus d'un an et le cérémonial s'était organisé au fil des séances. D'abord, les nouvelles racontaient ce qui les amenaient là. Ce soir, c'était à Bibi de se confesser. Elle triturait ses grosses mains, intimidée. « Vas-y Bibi, lance-toi, l'a encouragée Lola. Tu te sentiras mieux après. Tu dois te décharger de cette histoire et la donner aux autres pour en faire un fardeau commun, un truc qu'on portera toutes ensemble. Le premier pas, c'est que tu dois apprendre à nous faire confiance. Alors dis-leur ce que tu m'as raconté tout à l'heure dans la boutique. » Bibi s'est exécutée, elle a tiré sur son tee-shirt pour essayer de cacher ses fesses – peine perdue – et a commencé à raconter du bout de sa voix essoufflée : « Ben, je suis bien ennuyée, moi. Parce que ma mère veut absolument que j'épouse un gars qui s'appelle Jean-Charles. Elle dit que c'est une aubaine pour une fille comme moi d'avoir trouvé un type qui veut bien risquer de vivre avec un mammouth. C'est comme ça qu'elle m'appelle la plupart du temps, le mammouth. Je ne déteste pas ce type. Mais je m'en fous. La vérité, c'est que ma mère craignait de ne pas pouvoir se débarrasser de moi parce que je suis lesbienne. Et dans la communauté antillaise, ce n'est pas très bien vu de préférer les femmes. Ma mère a peur d'avoir honte. Voilà. » Lola s'est levée d'un coup. « Bravo Bibi. Ton cas est un bon exemple, c'est le signe qu'on nous gave avec une liberté qui n'existe pas. Il faut être vigilante, parce que, je le répète, cette liberté n'existe pas, il faut la créer de toutes pièces, faire tourner son moteur et serrer les boulons à l'occasion, quand on nous pompe l'air. » Grâce au système de Lola, les filles communiaient, nouaient entre elles une solidarité secrète, un mélange de communisme pur et de féminisme passager. Une foi en tout cas. Laquelle pourra recueillir Bibi si elle quitte l'appartement de sa mère ? « Je sais faire la cuisine », a ajouté Bibi avec sa grosse voix, comme s'il s'agissait d'une petite annonce dans un journal quotidien. Rachel a levé la main : « Elle viendra chez moi. » Celle-là comptait depuis six mois au nombre des fidèles et avait déjà rompu ses propres fiançailles grâce à Lola. Elle s'était depuis trouvé un studio dans le nord de la ville et un emploi. Tout le monde a applaudi.

On a fait le bilan sur les progrès de chacune. L'une annulait secrètement et point par point les préparatifs de la cérémonie. Elle venait de jeter les faire-part et de brûler sa robe. Lola lui conseillait de se lancer enfin et de le dire à son futur époux. Mais elle était bloquée.

Depuis six semaines qu'elle s'était inscrite, elle ne savait que saboter en douce l'organisation élaborée par sa potentielle belle-mère. « Tu sais, c'est juste un mauvais quart d'heure à passer, lui expliquait une autre. Au pire, il fera comme le mien, il te collera une beigne. Et là, tu comprendras qu'il t'aurait tapée toutes les semaines de toute façon, si t'avais eu la mauvaise idée de rester avec lui. Alors tu fais le calcul, cinquante-deux semaines fois dix ans, je suis pas très bonne en maths mais ça fait quand même de belles économies en matière de coups et de bleus. » L'assemblée avait un petit air de cour des miracles, réunissant autour d'un même problème femmes battues et lesbiennes contrariées, mais l'ambiance était gaie. Comme toute la séance était bien arrosée, à la fin, elles se sont mises à chanter des chansons paillardes à faire rougir un camionneur. Elles gloussaient, fières d'elles, quand Augustine a débarqué en charentaises et s'est énervée. « Vous voulez pas inviter les poulets à pousser la chansonnette avec vous tant qu'on y est ? Allez, mesdames, on plie bagage, il est temps de rentrer chez soi. » Elle a gentiment mis tout le monde dehors en moins de cinq minutes. Lola est venue me dire au revoir sur le trottoir.

— Alors, qu'est-ce que tu en penses ? Elles sont chouettes les filles, non ?

— Oui, mais on a encore pas mal de pain sur la planche.

Elle m'a fait un clin d'œil et s'est enfoncée dans une obscurité qui manquait de lune.

Dès le lendemain, le magasin était devenu pour moi un genre de centre d'études, de laboratoire sentimental. Je disséquais les comportements, les gestes qui annonçaient l'avenir, les couples qui se donnaient des petits noms ridicules pour bien montrer qu'on ne parlait pas leur langue d'amoureux, ceux qui avaient déjà chacun leur propre chemin.

Je les trouvais marrants ces gens qui se ruaient tous ensemble vers une volonté d'éternité. Ils se tenaient par la main, deux par deux, bien en rangs, dociles, marchant d'un pas faussement serein vers une promesse intenable. Il fallait que l'homme soit bien pervers pour s'être inventé une punition pareille, pour s'être créé des schémas qui lui convenaient si mal. Il fallait qu'il aime se contraindre, se faire rentrer le corps dans une boîte beaucoup trop petite pour lui. Le mariage, c'était une toute petite cage, dans laquelle les gens manquaient vite d'air. Je les voyais arriver les jeunes couples et je savais qu'ils entreraient bientôt en apnée, à essayer de voir combien de temps ils tiendraient les poumons fermés, collés l'un à l'autre. C'était un drôle de sport. Mes deux athlètes du jour s'appelaient Martin et Magali. Ce n'était pas la première fois qu'ils venaient parce qu'ils aimaient bien hésiter ensemble, ce qui leur faisait un autre point commun, en plus de leur prénom ridiculement banal. Ils étaient si semblables qu'on se disait que ces deux-là avaient peut-être une chance d'un jour ne faire qu'un. Ils étaient de ces clients qui aimaient bien traîner dans nos rayons, profiter de nos oreilles pour raconter leur histoire et chercher l'approbation dans nos yeux. Eux s'étaient rencontrés dans un collège de province. Ils habitaient dans de gentils pavillons posés à trois cents mètres l'un de l'autre. Leurs pères se connaissaient de vue pour avoir longtemps pratiqué leur jogging du dimanche aux mêmes heures, dans les mêmes allées. Ils étaient tombés amoureux à l'adolescence, malgré les bagues dentaires et l'acné. Et avaient traversé ensemble les premières révoltes antiparentales, les premières cuites, le baccalauréat, le dépucelage surtout. Après leurs études, ils avaient décidé d'un commun accord de monter à Paris. Et c'était drôle tellement leur parcours manquait d'anecdotes, de surprises. Je souriais gentiment pendant leur récit et je me demandais pourquoi ils cherchaient à savoir si leur union était valable tant elle paraissait naturelle.

Ils étaient exactement le style d'histoire qu'on racontait aux enfants : trouver la bonne personne et ne plus se quitter, un genre de patron à suivre en pointillés pour construire un couple aux racines solides. Cette fois-ci, Magali devait essayer une robe qu'elle avait commandée. Elle s'est émerveillée en la voyant, Martin avait l'air plus circonspect. Et quand elle l'a enfilée, il a fait la moue.

— Quoi, elle ne te plaît pas ?

— Je trouve qu'elle te grossit un peu.

— Non, elle me va bien.

— Comme tu veux, après tout, c'est ta robe.

— Ça veut dire que tu vas me trouver moche le jour de notre mariage.

— Mais non, je n'ai pas dit ça. Tu as juste l'air d'être un peu plus ronde.

— C'est ça, j'ai l'air d'une grosse vache, dis-le, j'ai l'air d'être enceinte de six mois.

Leur bagarre qui était peut-être la première dégénérait considérablement. Elle a fini par lui dire de partir et de la laisser faire ses essayages tranquille. Martin avait l'air complètement assommé par cette lourde phrase. Il a quitté la boutique en traînant ses semelles un peu à reculons, avec comme un pressentiment au niveau des chaussures. Magali a fondu en larmes. Et j'ai senti qu'il était temps de passer à l'action.

Leur couple, après radioscopie, n'avait aucune chance, le squelette entier était malade. Magali m'a expliqué, du mascara coulé plein les rides d'expression, que leur union manquait d'exploser à chaque dispute, tant elles étaient rares et qu'ils manquaient de pratique. Leurs engueulades souffraient d'hypertrophie, elles gonflaient démesurément au moindre mot de travers. Si bien que Magali faisait souvent semblant d'être d'accord avec Martin pour éviter les embrouilles. Elle taisait tous les désaccords par simple goût de la paix. D'où cette impression de gémellité qu'ils dégageaient de loin. Mais sur la robe, ça non, pas question de céder. Sentant l'instant de faiblesse, j'ai planté la petite graine du doute dans son esprit fertile. Je lui ai demandé si elle n'avait jamais imaginé une vie plus libre. Trente minutes plus tard, elle acceptait de participer à la prochaine réunion. Et je mesurais la violence des revers que réserve le hasard. Rien n'était jamais joué d'avance.

Chaque mardi, l'une d'entre nous devait préparer un petit discours de motivation. Cette semaine, c'était à moi. Prendre la parole en public était une torture chinoise. J'avais toujours l'impression qu'à l'air libre les mots changeaient de sens. Ils se tordaient en apesanteur, prenaient une autre forme et chaque auditeur recevait différemment le message initial. Du coup, l'orateur avait l'air idiot, puisque tous ne comprenaient pas ce qu'il essayait de dire. En un mot, j'avais la trouille du ridicule. Cela devait bien dater de l'école primaire, et c'est le genre de phobie qui ne se bonifie pas avec le temps. J'avais donc préparé tout ça avec soin la veille au soir. Sur mon écran à fantasmes, je m'imaginais le poing brandi vers l'avenir, donnant du courage aux troupes. À côté de mon verre de vin, j'avais posé un carnet et un stylo bic pour rédiger mon allocution. Comme la veille d'un examen, j'avais eu un mal fou à m'endormir. Et je m'étais levée, le ventre ravagé d'angoisse, incapable de mettre la moindre miette de tartine dans ma bouche. J'étais arrivée au magasin pâle comme une robe neuve et Lola qui commençait à me connaître avait explosé de rire, faisant sautiller sa queue-de-cheval de droite à gauche. « Ne me dis pas que tu as cette mauvaise mine à cause de la réunion de ce soir ? – Oh, ça va, épargne-moi, s'il te plaît. » Cindy est arrivée à ce moment-là, serrée dans un pantalon de cuir blanc. « Qu'est-ce qui vous fait rire ? », a-t-elle demandé. Elle avait mis du pourpre sur ses paupières, une couleur assez violente, et comme elle clignait pas mal des yeux, on aurait dit les lumières avant d'une voiture en stationnement. « Rien, sale curieuse, c'est entre Raphaëlle et moi », a répondu Lola. Cindy a levé vers le ciel son petit nez et a tourné les talons sur un soupir exaspéré. Je crois qu'elle n'acceptait pas vraiment ma complicité avec Lola. Et je crois que j'aimais ça.

Le soir tombé, on s'est toutes retrouvées chez Augustine. Toutes, sauf Cindy qui avait la migraine. Mais je soupçonnais que ce soit le genre de migraine que développent les femmes quand elles n'ont plus envie de coucher avec leur mari. Un prétexte, en somme. Lola avait son petit sourire malin. Elle ne m'a pas laissé le temps de m'installer et a annoncé que, ce soir, son assistante se chargerait de l'introduction de la séance. Je me suis assise sur une table comme le voulait la tradition. Dans un coin, j'ai repéré la nouvelle, Magali, qui avait tenu promesse et la pression a encore grimpé d'un cran dans ma poitrine. J'ai déplié le petit papier que j'avais griffonné de mon écriture de médecin. Ma voix a pris son élan et s'est lancée dans le vide :

« On a tenté de nous faire croire au mariage d'amour. Mais l'amour se passe d'alliance, l'amour n'a pas besoin de bijou, ni de contrat pour avoir confiance en l'avenir. L'amour change de visage, il est instable, il a besoin d'espace. Il ne se contente pas de naviguer dans un F3 du centre-ville. Non, ce n'est pas à cause de lui qu'on se marie. On se marie parce qu'on ne sait pas remplir sa fiche d'impôt, ni réparer une chaudière. Et parce qu'on ne peut pas vivre sa vie entière chez son père mais qu'en même temps, on a peur de le quitter, ce papa pratique. Alors, on choisit un type pour s'acquitter des tâches ingrates de son existence. Et lui, il nous choisit pour les mêmes raisons inavouables. Le mariage est une alliance technique entre deux parties aux compétences complémentaires. C'est une belle erreur, nous ferions mieux d'apprendre à tout faire nous-mêmes. Ce serait un gain de temps et de peine. Ensemble, nous pouvons nous en sortir. » Elles ont applaudi fort et longtemps, avec un peu d'indulgence sûrement, et j'ai senti mon corps se réchauffer de quelques degrés. Ensuite, chacune a présenté sa liste de doléances et on a fabriqué des solutions sur-mesure pour chaque cas. Je m'étais rarement sentie aussi bien, ayant l'impression délicieuse d'être tout à fait à ma place. À la fin, Lola m'a dit qu'elle était fière de moi et c'était comme une médaille qui couronnait la journée. Chez moi, j'ai tout de suite plongé dans le plus tranquille des sommeils, signe d'une sérénité inhabituelle.

12

Mon parapluie se défendait mal contre les gouttes. Je sentais le froid attaquer les épaisseurs de tissus, s'infiltrer dans les pores de ma peau et venir se coller à mon squelette. Je découvrais un Barbès larmoyant, giflé au visage par ce mois de novembre intraitable. Les arbres se pliaient aux caprices du vent et les dealers eux-mêmes avaient renoncé à battre le pavé. J'ai poussé la porte de la boutique qui était encore plongée dans le noir. Les mannequins souriants me regardaient incrédules et j'ai vérifié l'heure à ma montre. Il était plus de dix heures. Il y avait comme un désordre de cinéma, quelques robes qui avaient valsé dans un coin, des tickets de caisse en déroute qui parsemaient le sol comme des cotillons. On se serait cru en lendemain de fête. Ou après un cambriolage. J'ai eu peur qu'il ne se soit passé quelque chose de grave, qu'on ait attenté à la vie de Lola. Et puis, j'ai vu de la lumière dans la réserve. Gérard était seul avec ses dés qui ne roulaient plus. La tête posée entre ses mains, il était affaissé sur la table, avec pas mal de signes extérieurs de désespoir. Il m'a regardée avec toute la rage qu'on peut rassembler dans deux pupilles humaines. « Qu'est-ce que tu fais là toi, petite traînée ? Tu ne t'es pas fait la malle avec ta copine ? » Comme ça, de but en blanc, j'avais du mal à voir où il voulait en venir. « Et ne fais pas ta tête de mijaurée. Je sais tout, tu m'entends ? » Il s'est dangereusement rapproché de moi et ses petites mains moites ont attrapé mes épaules. « Je connais votre combine. Le grand front de libération de la femme, les réunions chez cette vieille garce d'Augustine et le grand gourou Lola qui vous embobine toutes. » Il me secouait comme une tirelire. « En même temps, il y a quand même une justice. Elle vous a bien balancées l'autre Candy à gros seins. Elle s'est bien foutue de vous. » Il m'a lâchée et je me suis effondrée sur une chaise en plastique. Ma tête ne cherchait pas encore à enregistrer les mots, à comprendre ce qui avait bien pu se passer mais mon corps avait déjà abdiqué, écrasé par une tristesse anticipée. Gérard a promené sa petite silhouette grasse aux quatre coins de l'arrière-boutique. « Eh oui, Cindy m'a tout raconté. Vous êtes des débutantes. Vous montez des associations de malfaiteurs en oubliant les règles de base. Trois, c'est un mauvais chiffre, c'est le début d'une équipe qui perd. Elle en avait marre, Cindy, de se faire maltraiter par l'autre folle, le tyran en mini-jupe. Ça faisait trop longtemps qu'elle encaissait en souriant. » Concrètement, le mec de Cindy l'avait demandée en mariage. Et hier soir, après qu'on soit partie de la boutique, cette traîtresse avait donné sa démission au patron. Il me semblait bien que sa migraine était louche. Mais elle ne s'était pas contentée de ça. Ce matin, en arrivant, Gérard avait trouvé une lettre dans laquelle elle racontait tout, les stratégies, les réunions secrètes. Je ne comprenais pas ce qui avait motivé un geste aussi idiot. De toute façon, ça faisait un moment que je la sentais bizarre, Cindy, avec le regard toujours perdu dans son décolleté et ses faux sourires qui puaient le mauvais coup. Elle n'avait pas supporté ma relation avec Lola et elle s'était vengée, c'était sûr. Il avait raison pour une fois, le patron, on avait mal conçu notre équipe au départ. Et ce matin, quand Lola était arrivée, il y avait eu règlement de comptes à OK Corral. Pour la première fois, Gérard avait réussi à quitter son lit avant onze heures, ce qui n'avait pas dû améliorer son humeur, et avait attendu l'autre bien décidé à rendre justice lui-même en la rossant copieusement. Il va sans dire que Lola ne s'était pas laissé faire, il lui avait un peu couru après dans la boutique. C'est cette partie de chat perché qui avait laissé des séquelles aux quatre coins de la pièce. Et puis, elle s'était enfuie sans que Gérard puisse la rattraper parce qu'avec ses petites jambes courtaudes, il n'avait pas la moindre chance de gagner un marathon, même contre un môme de cinq ans.

Là, on avait l'air con, Gérard et moi, conjuguant nos mines penaudes dans l'arrière-boutique, scrutant la moquette sale comme si elle renfermait une solution miracle.

— Je ne sais pas ce que je vais faire de toi, a-t-il dit. Je vais peut-être te balancer aux flics pour fraude.

Il a gardé les yeux dans le vague un bon moment. J'attendais qu'il revienne à la vie, un peu tentée quand même de me barrer en courant comme Lola. Mais je n'ai pas osé. Sa méditation ne voulait pas prendre fin. Dix minutes plus tard, il a secoué la tête et m'a dit : « Rentre chez toi. Je déciderai de ça demain, je t'appellerai. Et ne t'amuse pas à jouer à cache-cache avec moi, parce que d'après la fiche de renseignements que t'as remplie en arrivant, j'ai l'adresse et le numéro de tes parents. Et je ne voudrais pas les déranger en pleine nuit. »

La situation avait fait une vilaine volte-face. Quand je suis arrivée chez moi, ma mère est venue frapper à ma porte. Elle est entrée sans attendre de réponse et s'est assise sur mon lit avec l'aisance d'une propriétaire sans scrupule. Je n'étais déjà pas d'excellente humeur et l'intrusion de ses talons aiguilles dans mon univers n'a pas arrangé les choses.

— Je t'ai entendue monter. Tu rentres tôt aujourd'hui. Quelque chose ne va pas ?

— Non, tout va bien, maman.

— Allez, dis-moi tout. Tu t'es fait virer. Ou alors, tu as enfin réalisé que tu ne voulais pas finir ta vie comme vendeuse de fringues. Enfin Raphaëlle, tu fais n'importe quoi en ce moment.

— Fous-moi la paix.

— Comment est-ce que tu me parles ? Tu perds le sens commun ma pauvre fille.

— Oui c'est ça, je craque, je craque complètement. J'ai choisi la folie douce comme dernière année d'études et je me débrouille pas mal, je pourrais même décrocher une mention à la fin de l'année d'après les premiers résultats. Alors, sois gentille, laisse-moi réviser et sors.

Fin de son droit d'ingérence sur mon territoire. Elle a claqué la porte. Un petit geste sec et ferme qui voulait dire qu'on n'était pas près de se réconcilier. Débarrassée de ma mère pour de bon. Je n'avais pas tout perdu aujourd'hui.

13

Le lendemain matin, mon téléphone a sonné très tôt. C'était sa petite vengeance, à Gérard, ce réveil violent aux aurores. Il avait eu une idée, ce qui m'a déjà pas mal surprise. Comme Lola et Cindy avaient quitté la boutique, il avait réalisé qu'il n'avait plus de vendeuse. « Donc, tu vas ramener ton cul au plus vite et tu vas te remettre au boulot. Tu vas finir ton mois en bonne et due forme. Ça me laissera le temps de trouver quelqu'un de compétent pour prendre la relève. Évidemment, je ne compte pas te filer un centime pour ce boulot. Mais tu réalises bien que tu n'es pas du tout en position de discuter. Sache que je t'aurai à l'œil. Le moindre début d'embrouille sera récompensé par une méchante rouste, sans possibilité de négociation. » Je ne devais pas parler aux clients, si ce n'est pour leur refourguer un max de robes et de bouquets en plastique. Il a raccroché sans attendre de réponse, puisqu'il ne s'agissait pas d'une question. J'avais donc signé un pacte avec ce diable. Lola ne m'avait même pas donné signe de vie. Je n'arrivais pas à y croire. La tristesse existait d'un bloc. Une douleur vide. Rien à droite, rien à gauche. Rien pour se divertir. Une punition comme on n'en faisait plus.

Mais c'était passionnant cette douleur au milieu de soi, comme un objet d'une inquiétante étrangeté, comme une greffe dont on n'en pouvait plus d'attendre le rejet. J'avais des larmes sans eau, d'autant plus dangereuses qu'elles ne sortaient pas, qu'aucun jaillissement ne mettait jamais fin à l'envie de pleurer. Le pire au final, c'était ces larmes intérieures, celles qui n'abîment pas le visage mais dévastent tout au-dedans. Une inondation secrète, qui pourrissait lentement les fondations, faisait moisir les espoirs. L'édifice de mes croyances tout entier menaçait de s'effondrer bientôt.

Je ne voyais plus de raison d'être là. Le décor avait changé de visage. Plus rien n'était magique. Je voyais les choses comme pour la première fois, sous un éclairage plus réaliste. La moquette tachée, les mannequins fatigués de sourire tout le temps, comme s'ils ne croyaient plus à leur propre mensonge. Non, la vie n'était pas cet assemblage de rêves où tout finit toujours bien. Désormais, Gérard restait là toute la journée. Je l'entendais pester contre ses dés, leur bruit sec quand ils s'entrechoquaient toutes les quatre secondes. Tac, tac, tac. Je devenais folle. J'avais perdu six mois à suivre une pauvre disjonctée dans cette croisade contre le mariage. Et elle m'avait laissée tomber. Désormais, même les robes avaient des poses méprisantes. Je n'aimais pas l'heure des bilans. Il me restait vingt-six jours à tirer dans cet enfer de pacotille. Vingt-six jours jusqu'à la fin de mon contrat. Ensuite, il faudrait tout reconstruire. Je m'étais coupée de mes amis, de ma famille, éloignée de toute idée de carrière. Ma vie d'avant n'était pas une image très attirante. J'avais la sensation d'avoir fait un long voyage, de ceux qu'on pensait définitifs, et de vivre un gros *jet-lag* à l'idée de réinvestir mon ancien pays. Je ne pouvais plus m'imaginer en train de refaire le monde assise en face de cette vieille Carole. Je n'avais pas prévu de revenir un jour, de dépoussiérer cette vie antérieure.

Les recoins de cette pièce n'étaient plus anodins. Dans la boutique, j'avais des souvenirs incontrôlables comme après une rupture. Ils faisaient mal parce qu'il y avait sa silhouette bondissante derrière chaque mannequin, il y avait son rire qui n'éclatait plus sans raison. Et le silence pesait une tonne. Le grelot était sinistre à faire le malin tout seul, pour rappeler qu'il ne se passait plus rien d'autre ici et qu'il était enfin seul maître du chahut. Même les clients perdaient en extravagance. Ils venaient juste se marier une bonne fois pour toutes. J'ai pris le bus qui était là à l'heure. J'avais un cafard terrible. À la maison, j'ai décroché mon cadre et, sur le mur d'en face, il n'y avait plus de rêves mais des souvenirs, des petits moments que j'avais envie d'accrocher partout pour que toute cette époque ne fonce pas droit vers l'oubli. Je faisais l'expérience du manque pour la première fois. À ce moment-là, j'aurais aimé être croyante pour avoir au moins la prière de mon côté. La gueule de Gérard était devenue une vision douloureuse. La nuit, je rêvais que je retrouvais cette salope de Cindy et que je la cognais jusqu'à plus soif, pour lui faire payer cette hécatombe invisible. Maintenant, il n'y avait plus personne pour sauver les filles à la dérive et elles finiraient toutes en conditionnelle dans des appartements trop petits pour leurs rêves. Elle avait bien joué son coup cette petite hypocrite à forte poitrine qui balançait des « Lola adorée » à tout-va, cette fille-là, c'était de la mauvaise graine de bourgeoise, une plouc avec des envies de maison secondaire solidement chevillées au corps. Je lui souhaitais sincèrement de mourir noyée dans sa piscine olympique, cette sociale traître, cette inconsciente. Je trempais mon oreiller de larmes tièdes et m'endormais dans une flaque de regrets.

14

Mon téléphone a sonné tôt un dimanche matin. Au bout du fil, sa voix était agitée. Lola m'a dit qu'il fallait qu'on se voie vite et tous mes reproches sont tombés en ruine. Une demi-heure plus tard, je l'attendais dans une brasserie ringarde de Pigalle. Lola était une fanatique de l'expression capillaire, on pouvait lire le passé, le présent et l'avenir dans ses cheveux. Ce jour-là, elle portait un chignon choucroute, d'où s'enfuyaient quelques mèches effrayées, un stylo retenant cet édifice bancal. Le tout voulait dire une seule chose : « Je suis sens dessus dessous, au bord de la crise de nerfs. » Elle s'est effondrée en face de moi et a tiré une bouffée si longue qu'elle aurait dû faire disparaître la cigarette entière. La cendre est tombée dans son sac posé ouvert à ses pieds, mais ça n'a pas eu l'air de l'embêter.

— Putain, je suis en galère, tu ne peux pas imaginer.

— Tu aurais pu me donner des nouvelles plus tôt.

— Bien sûr que non, je connais Gérard, il doit être à mes trousses à l'heure qu'il est. Et je mettrais cher à parier qu'un de ses sbires en carton te file au train. T'as jamais vu de film d'espionnage ou quoi ?

— Peut-être pas assez, ai-je reconnu. Et d'après le manuel de la parfaite Mata Hari, on est censé faire quoi maintenant ?

— Mata qui ? Bref, maintenant, on va se serrer les coudes. J'ai besoin que tu m'aides. Je squatte pour le moment chez Leïla, mais ça ne peut pas durer éternellement. Elle est gentille mais je ne supporte pas sa fille. Entre elle et Chérie, c'est la guerre des bacs à sable. Je voudrais me casser avant qu'elles ne se crèvent les yeux pour une histoire de crayons de couleur, d'autant que je suis sûre que c'est Chérie qui frappera la première et que ça va encore me retomber sur le dos.

— Et mon rôle là-dedans ?

— Très simple. Tu vas m'aider à trouver un appart. Moi, les agences me regardent bizarrement et puis, je n'ai plus de feuilles de paye. Mais toi, tu présentes bien, tu parles avec les bons mots, c'est sûr qu'ils te feront confiance. On n'aura qu'à dire qu'on emménage ensemble.

— Et tu peux me dire pourquoi je suivrais ton plan, Lola ? Je crois que tu ne réalises pas ce que tu fais aux gens, parce que tu es tout le temps trop occupée à t'occuper de toi. Tu m'as embarquée dans ton histoire de club antimariage, j'ai arrêté mes études, je t'ai suivie les yeux fermés. Et puis, tu disparais brutalement et tu me laisses me débrouiller seule, à récolter patiemment le bordel que tu as semé. Un beau jour, tu refais surface en pleine crise nerveuse pour m'annoncer que ce n'est pas fini, que je peux encore te servir à quelque chose. Alors, pourquoi tu crois que je vais encore monter à bord de ta galère ?

Elle m'a regardée étrangement et m'a pris les mains. Un geste très cinématographique mais suffisamment bien joué pour qu'on ait envie d'y croire. Elle s'est penchée vers moi, par-dessus la table en Formica et m'a caressé la joue.

— Calme-toi, je ne t'avais jamais vue t'énerver et honnêtement, ça ne te va pas très bien. Écoute, Raphaëlle, tout ce que tu as fait, tu l'as fait parce que ça t'amusait. Je ne t'ai forcée à rien. Maintenant, si je suis un poids pour toi et que tu veux que je te laisse tranquille, il n'y a pas de problème. Je pensais que nous étions amies, c'est tout.

Elle s'est relevée tranquillement, a jeté quelques pièces de monnaie, esquissant un départ. Je ne voulais pas céder à une tactique si évidente, je refusais ce chantage affectif. Mais je savais aussi qu'elle était plus déterminée que moi et que j'allais la perdre pour de bon si je la laissais quitter ce café. Elle a ramassé son sac avec un ralenti étudié. Et j'ai craqué.

Deux heures plus tard, nous étions dans un taxi avec Chérie et leurs valises, roulant à bonne allure vers mon studio. Lola essayait de planquer son sourire vainqueur derrière une mine sérieuse. Elle parlait d'économie avec le chauffeur. Tous les deux se plaignaient que ce n'était pas juste ce coût de la vie qui grimpait plus vite qu'eux. Ils faisaient un petit comparatif de leurs malheurs respectifs. Mais avec une femme tétraplégique et un emprunt à vie pour acheter un deux pièces dans une banlieue difficile, le chauffeur semblait tenir une bonne longueur d'avance. On s'est arrêté devant l'immeuble haussmannien, Lola a poussé un long sifflement admiratif. « Ben dis donc, c'est là que tu vis ? – Oui. » Elle a inspecté le marbre du hall d'entrée avec l'attention d'un cambrioleur en repérage. On traînait derrière nous deux malles et des tonnes de sacs en plastique où elle avait rangé dans le désordre tout le bazar de sa vie. Un séchoir du siècle dernier, un album photo qui portait la mention « interdit d'ouvrir », des fringues de toutes les couleurs. Je me suis dépêchée de tout monter avant que la concierge ne nous voie et n'aille rapporter à ma mère que j'avais entrepris l'installation d'un camp de manouches dans l'immeuble. Cela dit, ça aurait été marrant. « Le premier camp gitan du XVIe arrondissement » et plein de caravanes garées en double file devant. Je suis sûre que ça plairait à mes parents.

On a posé tout son barda chez moi. On aurait pu improviser un vide-grenier tant il y en avait. Elle a admiré le résultat et a haussé les épaules : « Tu verras, le bordel, c'est une drogue. Au bout d'un moment, on ne peut plus s'en passer. » Pour l'heure, j'avais encore du mal à y croire. La femme de ménage devait venir plus tard dans l'après-midi. Je l'ai appelée pour lui dire que je n'avais plus besoin de ses services. Je ne voulais pas non plus qu'elle en discute avec mes géniteurs, je la soupçonnais de leur faire régulièrement des comptes rendus. La nuit commençait à renvoyer le jour dans ses cordes. Je suis descendue discrètement chez mes parents préparer une soupe et voler des biscuits. On a installé un petit matelas en mousse au sol pour la petite. Et puis, on s'est couchées toutes les trois devant une émission de variétés débile. Chérie a fini par sombrer dans ses rêves d'enfant. Lola s'est tournée vers moi.

— Raphaëlle, je peux te poser une question ?

— Oui.

— Si ta famille est si riche, pourquoi est-ce que tu travailles ?

— Pour qu'il m'arrive des choses.

— Eh ben, avec moi, tu es servie dis donc. Question catastrophes, je suis approvisionnée comme le Père Noël en jouets, j'ai de quoi en distribuer au monde entier.

Elle était gonflée mais ça m'a fait sourire. Ensuite, elle a remonté la couverture jusqu'au menton et s'est tournée vers le mur. J'étais totalement heureuse en m'endormant serrée contre elle.

15

Évidemment, les recherches d'appartement ne furent pas un succès. Pourtant, nous n'avions pas visé très haut. Samedi matin, après examen d'un journal de petites annonces, nous avions sélectionné trois candidats raisonnables, des deux pièces modestes en banlieue calme. Mais dès le départ, en voyant Lola se préparer, j'ai compris qu'il y aurait un os. Elle a annoncé qu'elle se faisait chic avant de disparaître dans la salle de bains. L'eau a coulé bruyamment pendant quarante minutes. Et quand elle est ressortie dans un nuage de vapeur, j'ai eu un sursaut. Elle portait des talons compensés, un jean moulant et un haut rouge, imitation peau de serpent. Elle avait entouré ses yeux de beaucoup trop de noir et avait assorti ses lèvres à son tee-shirt. Une vision très personnelle de l'élégance. Elle a mis de la musique à fond et s'est plantée devant le miroir qui a dû prendre peur tant il n'avait pas l'habitude qu'on le regarde aussi franchement. Elle a pris une pose d'adolescente révoltée et a crié : « Ouais, on va faire un carton ! », avec la voix délicate d'un *hooligan* en fin de match. Les rendez-vous se sont succédé avec une similitude surprenante. Au téléphone, le propriétaire était charmant, quand il nous voyait arriver, il manquait d'avaler sa cravate cul-sec. On était même tombées sur une femme qui avait demandé si c'était une blague, et qui regardait avec suspicion pour voir si une caméra de la télévision était cachée quelque part. Je sentais bien qu'elle n'était pas sur le point de me quitter, Lola. J'étais contente de la tenir près de moi. Il fallait l'admettre : j'étais accro à ses galères. Je la trouvais presque généreuse de les partager avec moi et de faire de ma vie un endroit où il se passait tant de choses. Je l'avais si longtemps attendu, mon messie, prostrée en une génuflexion imaginaire. « Mon Dieu, ayez pitié de moi. Faites qu'une catastrophe me tombe sur la tête. »

Du coup, on a organisé notre nouvelle vie de jeunes femmes en cavale. J'avais un peu d'argent de côté. Chérie ne nous quittait plus. « Comme ça tu pourras peut-être lui apprendre à lire, avait suggéré Lola. Parce que je pense que cette petite aura pas trop le temps d'aller à l'école. » Nous faisions le ménage en dansant. Lola chantait à tue-tête, utilisant le balai comme micro et hurlait des tubes ringards devant une foule d'admirateurs déchaînés. Elle criait : « Bonsoir Paris ! », faisait un signe de la main, tirait sa révérence et repartait désinfecter le sol de la salle de bains.

Il y a une seule chanson que je détestais, une chanson dans laquelle Lola se noyait et qui disait : « Lou, everything because of you. » Quand elle l'a entendue la première fois – c'était un dimanche –, Lola s'est arrêtée de vivre. Elle a plongé dans les accents graves et s'est laissée couler tout au fond des notes avec des souvenirs comme des pierres plein les poches. Elle m'a dit que, plus jeune, elle l'écoutait en boucle, cette chanson, inlassablement. Il fallait qu'elle l'accompagne partout comme une ombre. Certains pensaient que cette manière de siffloter tout le temps était une preuve de légèreté. En fait, elle alignait les couplets comme une marche funèbre, comme un labyrinthe où elle savait se perdre. Elle tenait son esprit prisonnier de cette musique pour l'empêcher d'aller gambader dans le champ de ses problèmes. Tant que les accords duraient, elle ne pensait à rien d'autre.

Moi, je ne l'ai pas fait exprès. C'était donc un dimanche, le genre de jour que je trouvais pénible avant que Lola ne débarque chez moi. J'ai juste allumé la radio en repassant nos fringues. C'était un morceau que je ne connaissais pas. Elle a tendu l'oreille et j'ai vu son corps secoué par un long frisson. Ses yeux se sont crispés autour de larmes immobiles. Elle était aspirée par le souvenir d'un hier dangereux comme un trou noir. Elle faisait un léger « non » de la tête à un ennemi invisible. Pendant un moment, je l'ai regardée se débattre, le fer suspendu au-dessus d'une chemise froissée, ne sachant trop si j'avais le droit d'interrompre son voyage dans le temps. Je me suis assise à côté d'elle sur le lit et j'ai posé ma main sur son épaule pour la faire revenir dans le monde des vivants. Elle a eu l'air surpris d'un somnambule qu'on réveille au bord d'une gouttière.

Je n'ai pas eu à lui demander. « C'est le père de Chérie », elle a dit. Je n'avais jamais osé poser la question. « J'aime toujours autant sa voix. J'avais dans les vingt-cinq ans à l'époque. Les garçons répétaient dans une cave, rue Saint-Balzin. Une toute petite rue sombre de Montpellier où un rat ne se serait pas aventuré. En fait, je travaillais dans un restaurant juste à côté. Un soir, je m'étais paumée en allant chez une copine et j'avais mis les pieds là par hasard. Il y avait un soupirail au bas du mur et, de la rue, on entendait la basse. Je m'étais fait kidnapper par leur musique et je revenais souvent m'offrir un concert solitaire. Je les connaissais pas et j'avais pas trop envie d'aller voir qui se cachait derrière cette musique sans visage. Les voisins se plaignaient constamment du bruit. Et je trouvais qu'ils étaient vraiment cons, ces voisins, de pas savoir écouter, d'être suffisamment sourds pour appeler ça du bruit. Elle me prenait au corps, moi, cette voix trop grave. J'avais l'impression que les cordes vocales étaient malades, usées par le manque de reconnaissance et que c'était toujours la dernière fois que j'entendais ces chansons. Entre deux morceaux, ils buvaient une bière et ils faisaient des blagues sur les filles qu'ils voyaient et c'était un peu comme un feuilleton sans les images. Ils étaient trois. J'avais imaginé leur tête. Le chanteur, Noam, était grand et mince, il devait porter des pantalons noirs usés qui lui tombaient sur les fesses. Kevin et Patrick devaient être moins impressionnants. Kevin parlait comme un gros et puis, il avait les problèmes d'un gros que toutes les filles snobent. Mais il savait raconter les histoires. Les autres se marraient à chaque fois qu'il parlait des vestes qu'il récoltait. On aurait dit qu'il les collectionnait. Parfois, je riais avec eux et j'avais peur de me faire griller. Ça a duré cinq ou six mois. Je m'étais attachée à eux et quand j'y repense, je me dis que je devais avoir la trouille de les voir pour de vrai. Je ne voulais pas qu'ils soient autrement que dans ma tête. Mais à chaque fois que je venais me poser là, j'avais peur de rencontrer le silence. Ils parlaient tout le temps du producteur, du disque qui viendrait bientôt et de Paris où il pleuvrait des filles. J'arrivais même à leur en vouloir de ne pas penser à moi, à ce que je deviendrais s'ils quittaient la ville. Un jour, la vieille du dessus est descendue et avec sa petite voix mesquine de presque-dans-la-tombe, elle a commencé à les engueuler méchamment. "Vous allez arrêter ce bordel, bande de petits merdeux. Je vais appeler la police, moi, et ils vont vous obliger à la mettre en veilleuse. Une bonne fois pour toutes."

« J'ai vu la menace, les notes qui allaient disparaître pour de bon et la tranquillité inutile de la vieille à la place. J'ai hurlé dans le trou. "Fous-leur la paix, salope. Sourde comme tu dois être, tu fais ça juste pour qu'on s'intéresse un peu à toi. Mais ça sert à rien, même tes petits-enfants ne doivent passer te voir que pour les étrennes et encore, je suis sûre que, certaines années, ils préfèrent être pauvres. – Qui a dit ça ?, elle a grogné la vieille. – La Sainte Vierge", je lui ai répondu. Faut croire qu'elle était gâteuse jusqu'au bout de ses ongles crochus, elle a eu un doute. C'est ça aussi, plus on se rapproche du cimetière, plus on se met bien avec l'Église. Bref, elle a mis les voiles en jurant qu'elle reviendrait, qu'on n'en resterait pas là.

« Noam m'a demandé : "T'es qui, toi ? De quoi tu te mêles ?" et j'aurais été un peu déçue s'il m'avait remerciée de les avoir sauvés. Je voulais pas répondre. “Eh oh, je te parle là-haut ! Viens un peu par ici qu'on se rende compte à quoi tu ressembles Zorro ?” Kevin a enchaîné : “Est-ce que t'as le physique à Cat Woman ?” Sans rien dire, je suis descendue à la cave. Je me souviens de cette odeur de moisi qui m'a prise à la gorge. Je me disais que c'était à cause de ça que j'avais les larmes aux yeux et pas à cause de la peur. Tu sais, de l'endroit où je viens, on te dit toujours d'éviter les pièces fermées avec trois mecs dedans, particulièrement si cette pièce est une cave.

« Je regardais par terre parce que j'avais une trouille immense. Noam s'est avancé vers moi et je ne m'étais pas trop trompé sur sa dégaine. Il était mince et grand, avec des yeux très noirs et des valises en dessous, des valises d'aventuriers qui en ont pris plein la vue. Il a sorti une clope et je me souviens de son nez en trompette sous la lumière du briquet, de sa bouche immense qui s'est éclairée d'un coup sous la flamme. J'ai eu un grand frisson tout le long des bras et je suis devenue timide pour la première fois. “Tu nous espionnes ?” Il m'a craché sa fumée au visage, lentement. Les nuages se sont posés sur mes joues, comme au ralenti. J'ai trouvé ça sensuel. J'ai fermé les yeux. “Réponds, qu'est-ce que tu foutais là ?” Dans un coin, près du clavier, les deux autres souriaient comme des carnivores. Mais j'avais plus peur. “Je suis la seule à avoir compris ta musique.” J'ai fait exprès de m'adresser rien qu'à lui pour que les deux nigauds du fond comprennent bien qu'ils faisaient plus partie de la scène. “J'aime ta voix, la façon dont tu respires les notes, ta manière d'avaler les soupirs et les paroles débiles que tu trouves tard le soir après trois pétards. J'aime aussi tes histoires, celles que tu racontes à tes deux potes que tu laisseras tomber un jour pour réussir tout seul, ton opportunisme dès que tu croises un pauvre type qui pourrait aider ta carrière, la manière dont tu te moques de lui après lui avoir fait des courbettes, pour bien montrer aux autres qu'on te la fait pas à toi, que t'es bien lucide et que tu vendras pas ton cul contre la gloire, que tu sauveras tes fesses in extremis quand un producteur te demandera de te défroquer. Je suis la seule personne au monde à avoir compris ce que tu vas devenir." Le verdict est tombé en un éclat de rire : "Elle est forte, la petite." »

Et c'est comme ça qu'avait commencé leur histoire, comme dans les livres qu'elle n'avait pas lus. Noam lui avait accordé le droit d'assister aux répétitions. Et comme tout objet nouveau dans un vieux décor, elle avait mis un moment à s'intégrer. Les deux premières semaines, elle avait fait figure de corps étranger. Elle se sentait intruse, arrivait au début de la séance et ne disait rien. Elle était assise dans un coin dès la fin de son service, contente qu'on la laisse exister dans cet espace. Elle écoutait de tout son corps, se taisait jusqu'à la fin et ne se permettait aucun commentaire quand la séance cessait, trop consciente de son privilège pour risquer de le perdre. Au fond, elle savait qu'un jour, on lui poserait des questions, on lui demanderait ce qu'elle pensait de tout ça. Et pendant toutes les répétitions, elle préparait silencieusement ce moment où on lui accorderait le droit de parole. Elle répertoriait les fausses notes, les voix qui déraillent, les instruments qui s'accordaient mal. Elle avait eu raison du dédain des autres. Elle riait aux blagues de chacun, comme elle l'avait fait longtemps devant la gouttière. On avait fini par oublier qu'elle n'appartenait pas à cette scène-là. Au dernier accord, elle saluait les musiciens et partait sans demander son reste. Toutes ses journées semblaient plus faciles parce qu'elle savait que, le soir, elle retrouverait cette bulle, la musique et Noam, qu'elle s'appliquait à ne pas trop regarder. Et puis, un soir, Kevin a eu vingt-cinq ans. Quand elle est arrivée à l'entrée du studio, les autres étaient sur le pas de la porte. C'est Kevin qui lui a dit : « On t'attendait. » Et elle a su qu'elle faisait enfin partie de la troupe, mélodie silencieuse de ce groupe de rock provincial. Quand elle en parlait, Lola avait un sourire ancien, un sourire ressuscité du jour épatant où les garçons lui avaient dit : « Aujourd'hui pas de répète. C'est l'anniversaire de Kev. On va au Saint-Louis, on va boire. » Le Saint-Louis, c'était un bar comme les autres, avec un zinc fatigué et des tabourets comme des esclaves qui prient pour que leur supplice prenne fin et qu'on leur accorde le droit de ne plus supporter de vieux alcooliques sur leur simili cuir usé. Mais ce soir-là, le bar, c'était une fête, pas seulement l'anniversaire de Kevin mais la victoire de Lola. Ils se sont assis entre amis, ont commenté ces dernières semaines, les faux accords et le producteur parisien qui tardait à les repérer. Lola a dit d'une petite voix qui ne lui ressemblait pas : « Ils ont tort de vous faire attendre. » Bien sûr, elle les brossait dans le sens du poil mais, du coup, elle a capté leur attention. C'était l'instant magique où leurs regards tournés vers elle n'étaient plus hostiles mais attentifs. « Ils ont tort, a-t-elle osé ajouter, parce qu'ils vont vous laisser partir et, qu'un jour, en écoutant votre disque, ils comprendront qu'ils ont fait une mauvaise affaire et qu'ils auraient dû y jeter deux oreilles plutôt qu'une. » Le compliment dépassait clairement le cadre de la mélomanie. Noam avait l'air serein de celui qui a bien fait d'adouber une novice. Lola, elle, a vu ce sourire de satisfaction. C'est tout. Ils ont discuté toute la nuit de carrière, de concert, de radio. Quand Noam parlait, il avait cette étincelle de fou furieux qui retenait l'attention, cette façon de raconter les choses comme si elles allaient se produire le lendemain et qu'il ne leur vendait pas des bobards mais prédisait l'avenir. À chaque fois qu'il évoquait les groupies à moitié nues qui arracheraient bientôt leurs tee-shirts, Lola avait mal. Mais leurs rires effaçaient tout. Et puis, le bar merveilleux a voulu fermer parce que la patronne n'avait plus vingt-cinq ans, elle, qu'elle était fatiguée et qu'elle reprenait son service tôt le lendemain. La bande des quatre a payé en petites pièces les consommations qui avaient été trop nombreuses pour leurs économies de musiciens de cave. Et là, Noam a dit aux deux autres : « Je raccompagne la petite. »

Ce qui s'est passé ensuite, Lola a préféré le garder pour elle. À un moment, son esprit a quitté l'hier et elle a fait cette drôle de tête des gens qui en ont dit beaucoup malgré eux, se laissant aller à un monologue intérieur, pensant être seule avec la nuit et les rêves secrets. Elle m'a regardée en ayant l'air de m'en vouloir parce que j'en savais trop et que je venais de regarder sa vie par le trou de la serrure. Elle m'a juste dit que c'est comme ça qu'elle s'était retrouvée enceinte de Chérie. Noam était prêt à l'épouser et fonder une famille. Mais au même moment, son groupe avait signé avec un petit label new-yorkais. Elle n'avait pas voulu sacrifier la carrière de son homme, ne lui avait rien dit à propos de sa grossesse et avait laissé filer le seul type qu'elle ait jamais vraiment aimé.

16

Trois semaines ont passé, sifflant mes économies. J'avais enfin dit adieu à *Mariage 2000*. Ça m'avait fait bizarre de tirer un trait sur la boutique. Quand j'étais arrivée pour mon dernier jour, il y avait là une nouvelle vendeuse. Une quadragénaire propre sur elle. Son tailleur strict, son allure de proviseur de collège et ses lunettes de vieille fille prédisaient de petits mariages, rigides, mesquins mais parfaitement encadrés. On sentait que la direction des ressources humaines avait voulu changer de stratégie. Je regardais le magasin comme un appartement dans lequel on a vécu heureux. Mais j'emportais Lola avec moi et c'était le seul bien de valeur que j'avais trouvé ici. Celle-ci m'avait répété douze fois avant que je parte qu'il ne fallait pas que je parle d'elle, pas même à la vieille Augustine, on ne savait jamais. « Je te jure que si Gérard me retrouve, il me fera la peau. » J'ai obéi à ses fantasmes de film d'action. Je n'ai pas fait grand-chose pour mon dernier jour. Je regardais avec compassion ces pauvres filles qui ne bénéficieraient pas de nos services. À un moment, j'ai vu une petite brune vraiment paumée. Son mec à côté n'arrêtait pas de lui donner des ordres, « Essaie cette robe-là », « Lâche tes cheveux », « Fais un sourire, pour voir. Je te signale que tu devrais être heureuse, je suis en train de te payer ta robe là. » Le type était tellement ignoble que je me suis senti des fourmis monter dans tout le corps. Je ne pouvais pas assister à ça sans rien faire. Gérard n'était pas encore là mais la nouvelle, qui devait avoir été briefée, m'avait à l'œil. À un moment, elle est partie aux toilettes, j'ai foncé dans la brèche. J'ai chopé la fille de côté et j'ai bricolé un petit discours hâtif, pour lui dire qu'elle n'était pas obligée de se marier. Elle m'a regardée tristement et m'a dit : « Qu'est-ce que je peux faire d'autre ? » et puis elle a haussé les épaules. Forcément, je ne pouvais plus lui proposer de club de soutien, de liberté communautaire. C'était bien la fin d'une époque et j'ai senti comme une grosse boule entraver le début de ma gorge. Je suis descendue à la réserve, histoire de calmer tout ça. Et puis, le patron a fini par arriver. J'ai même réussi à avoir de la nostalgie en regardant une dernière fois sa petite silhouette ingrate de mafieux en carton-pâte. Il m'a convoquée dans son bureau. « Bien sûr, je ne te donnerai pas un sou pour ce dernier mois de boulot. Compte tenu de ce qui s'est passé, on peut dire que je suis fair-play avec toi, petite garce. Allez, file, sans demander ton reste, avant que je ne change d'avis. » Si Lola avait été là, cette réplique aurait marqué le début d'une engueulade qui aurait emporté dans son fracas la moitié des meubles de cette boutique. J'ai tourné les talons, espérant que mon dédain valait bien une scène de ménage.

Avant de prendre le bus, je suis allée dire au revoir à Augustine. La vieille a fait un sourire bonhomme en me voyant. Ça a jeté de l'huile sur ma tristesse. Je lui ai dit que je pliais bagage. Elle m'a demandé si j'avais des nouvelles de Lola. J'ai fait un « non » définitif de la tête. « Ah Lola, elle n'a pas de mémoire avec les amis, elle a dit. Cette petite, c'est comme dans la chanson de Dutronc, elle y pense et puis elle oublie. Mais dans le fond, ça vaut mieux pour tout le monde. » Je n'ai pas compris cette dernière phrase. Elle laissait flotter dans l'air des tonnes de points de suspension. J'ai cru qu'elle allait ajouter quelque chose mais elle a changé de sujet. Elle m'a raconté la guerre que lui menait désormais monsieur Gérard. Comment il avait interdit à tout ses amis de fréquenter son troquet. « Mais enfin, comme il n'a jamais eu que deux potes en tout et pour tout, on peut pas dire que ça tue mon commerce », elle a dit en rigolant. Et puis, elle s'est remise à essuyer les verres. Dans le bus, j'ai laissé la pluie de décembre verser des larmes à ma place. Quand je suis rentrée à la maison, j'avais un moral mitigé. Lola a dit qu'il était temps de s'offrir une petite soirée.

Dehors, le froid nous bouffait les côtes à travers manteaux et pulls. Lola nous tenait toutes les deux par la main, Chérie et moi. C'était un peu ridicule comme quand, parfois, elle me disait de venir sur ses genoux et me serrait dans ses bras. Mais je me foutais pas mal du ridicule. Elle a stoppé net devant la vitrine d'une parfumerie et elle a dit : « C'est là qu'on va. » On s'est baladées en rang d'oignons à travers les rayons. Et ses doigts ont littéralement caressé une bouteille de bain moussant avant de l'oublier dans un soupir de « On n'a pas les moyens. » Je regardais cette grande sœur sérieuse et frivole, qui n'avait plus de quoi acheter des pâtes ou une boîte de thon mais qui continuait à soupirer devant des produits de beauté. Alors, j'ai eu envie de faire une connerie pour qu'elle me couvre ou qu'elle me gronde. Pour découvrir une autorité douce, une autorité à laquelle on se soumet, docile, parce que ce n'est pas une ombre.

On traversait les étalages. Lola a arrêté une vendeuse en tailleur bleu marine et lui a demandé très précisément une crème antirides triple action. J'ai attendu que la vendeuse se penche vers ses tiroirs et j'ai attrapé le bain moussant. Un flacon rose crème comme on en trouvait des dizaines chez ma mère. Sans regarder l'étiquette, je savais que ce truc coûtait une fortune. Je l'ai fait glisser dans la manche un peu large de ma doudoune. Et le contact froid du verre qui s'enfonçait vers mon coude m'a filé un petit frisson le long de l'échine. À l'autre bout de la boutique, Lola et Chérie avaient engagé une bataille de parfum. « Si, si, laisse-toi faire, disait Lola à la petite, je te jure que c'est un cocktail magique. Eau Poison plus Fleur d'Été, c'est fait pour aller ensemble ! » Chérie se débattait mollement, habituée aux délires de cette mère-enfant. Mon bras gauche pesait deux tonnes. Et j'avais l'impression que tous les clients me regardaient bizarrement, au fond des yeux, qu'ils me passaient à la question. Plus je croisais leur regard, plus j'avais la sensation que mon cœur battait au fond de cette bouteille de verre, drainant tout mon sang vers ma manche rigide, et que tout ça allait exploser bientôt comme une bombe parfumée, que j'allais me faire griller pour quinze centilitres de bulles de savon. Et même si c'était con, je n'avais pas envie de renoncer à ma tentative criminelle. Je pensais bien fort dans ma tête « naturelle », « décontractée », et tous mes gestes se crispaient autour de ces deux mots. J'essayais de jouer mes propres mouvements. Mais quand j'ai pris un mascara entre mes doigts gourds, il s'est échappé, tombant avec quelques rebonds sur les étagères. J'aurais voulu donner un signal d'alerte, je n'aurais pas fait mieux. C'était une escalade vers la maladresse. La vendeuse a poussé un petit cri de satisfaction, conscience professionnelle soulagée : « Ça y est, je l'ai trouvée ! » Et elle a brandi, victorieuse, la crème qui fait disparaître le temps du visage. Lola est revenue, Chérie sous le bras. La petite était devenue une boule puante, mélange de grand-mère à l'odorat altéré et de désodorisant pour chiottes. La vendeuse a fait une drôle de grimace. Lola lui a arraché la crème des mains. Elle l'a à peine regardée. « Trop chère. » Et elle lui a rendu le petit paquet en carton. Elle m'a dit : « Raphaëlle on y va. » Tic, tac. Je transpirais autour du cou, je sentais des bulles de savon taper contre mes tempes. « Bon, on y va ou quoi ? », a-t-elle répété, voyant que je ne bougeais pas.

Il y a eu quelques secondes d'immobilité dans l'air, comme si quelqu'un avait enclenché le ralenti par inadvertance. Je me suis mis une petite claque mentale pour me réveiller, j'ai dégluti et puis, on est sorti. Ma grande sœur m'a regardée avec beaucoup de désespoir, elle m'a agrippée par la manche et nous a traînées, Chérie et moi, deux rues plus loin. Ensuite, elle m'a dit : « Regarde, idiote. » L'étiquette du bain moussant dépassait légèrement de ma veste. Mais Lola n'était pas fâchée, j'ai vu un frisson amusé parcourir ses lèvres. On a été prise d'un fou rire qui a contaminé Chérie et j'avais une chaleur agréable dans tout le corps, comme après une heure de course à pied. « Tu es vraiment une pauvre débutante. » La petite s'est mise à gigoter. « Vite, maman. Ça gratte ! » Lola a ouvert le manteau de la petite et plein de paquets ont dégringolé. Elle a crié « C'est Noël ! » Elle avait soudain l'air plus jeune que Chérie et leurs deux visages se confondaient en un même sourire. On a ramassé les boîtes rapidement et Lola s'est jetée sur la chaussée en retroussant un peu sa jupe. Les minutes étaient devenues imprévisibles. Un pouce en l'air, elle a arrêté un vieux type à ventre de bière, seul dans un gros break. Quelques phrases plus tard, on était toutes les trois calées à l'abri du froid, roulant vers notre nid. « Vous êtes bien gentil, monsieur », elle lui a dit. Ensuite, on l'a écouté nous raconter comment il s'était disputé avec sa femme parce qu'il rentrait toujours trop tard et qu'elle ne voulait pas comprendre, cette vieille peau, le sens de l'amitié et le besoin naturel qu'ont les hommes du comptoir, un besoin physiologique qui les accroche au zinc passé dix-neuf heures et jusqu'à minuit. Elle ne comprenait décidément rien, cette vieille vache qui occupait ses journées à piailler avec ses copines, toutes plus mauvaises les unes que les autres et qui s'entraînaient à houspiller leurs maris dès qu'ils avaient franchi la porte. Un jour, c'était sûr, il ne rentrerait pas, il trouverait une autre fille, plus maligne et plus jeune surtout, et il se ferait la malle pour de bon. Lola était étrangement silencieuse. À la fin du monologue, on est descendues. Lola a fait signe au chauffeur provisoire de baisser sa vitre et elle lui a dit avec un gentil sourire : « Une fille plus jeune et plus maligne ne se tirerait pas avec un gros con à grosse voiture. Alors, à l'avenir, tu ferais bien d'être plus sympa avec la vieille vache qui veut bien supporter ta gueule de pochetron. » Sa manière personnelle de payer la course. On a disparu sous les jurons. Je ne m'étais jamais sentie aussi bien de ma vie, complètement lavée de quelques décennies de principes encombrants.

Les tasses brûlantes de café noir ont fini de décongeler nos doigts gourds et on s'est mises sous la couette.

— Tu crois pas que c'est mauvais pour la petite de boire ça ? je lui ai demandé.

— Je ne suis pas petite, je suis en construction, a répondu Chérie.

— Oui, mon trésor.

Lola a passé sa main dans la tignasse pleine de nœuds de sa fille.

— Chérie, c'est pas une vraie enfant, c'est une mini-adulte. Elle en a trop vu pour être comme les autres mômes. Parfois, je ne sais même plus si c'est ma fille ou ma petite sœur. On a beaucoup vadrouillé ensemble, alors elle fait tout comme moi. Je crois pas aux trucs des toubibs, ce qui est bon pour la mère ne peut pas être vraiment mauvais pour sa fille, c'est comme ça.

C'était l'heure des histoires, l'heure que je préférais, celle où Lola me donnait une leçon de rattrapage, me dévoilait les recoins secrets de sa vie. Elle a posé ses baskets sur la table basse et allumé une clope. Chérie se noyait dans sa tasse, une grosse trace brune autour de la bouche lui faisait un maquillage raté. Elle s'est lovée dans mes bras.

— Je me souviens de l'époque où on habitait dans les tours du XVe, chez Samia, une copine. On était là depuis deux mois, à peine. Samia avait une môme aussi, une vraie garce, sept ans, l'âge où les chipies se révèlent. C'est un vrai tournant dans la vie d'une fille, le moment où elle commence à vouloir être plus que les autres. Chaque jour devient une petite compétition, il faut avoir la plus jolie robe, la meilleure note. Elle, je voyais très bien quel genre de sale minette elle allait devenir, elle avait le vice à fleur de couettes. Elle s'amusait à planquer les affaires de ma pauvre Chérie qui n'avait déjà pas grand-chose. Tous les jours, on passait deux heures à retrouver ses cahiers de coloriage, bien cachés dans un trente mètres carrés. Et quand Samia demandait à sa fille pourquoi elle avait fait ça, elle répondait avec un air faussement intelligent : « Ils voulaient jouer à cache-cache. » Forcément, elle nous hébergeait à l'œil, donc il fallait être sympa. Mais, à table, le soir, j'ai regardé plusieurs fois mon verre en me disant que j'allais le lui envoyer au visage, à la petite. C'est marrant comme parfois on peut détester un enfant avec la vraie rage qu'on garde normalement pour les grands. J'avais envie de lui donner une bonne leçon très jeune, comme un truc pédagogique pour éviter qu'elle ne devienne quelque chose de pire. L'éducation d'une fille, ça commence très tôt. Et puis, ça a dégénéré. Un soir, on a laissé les petites ensemble, le temps d'aller chercher les courses au supermarché parce qu'y avait plus rien à manger. On est vraiment pas parties longtemps, je dirais trois quarts d'heure, max. Quand on est remontées, y avait de la fumée noire partout. J'ai senti mon cœur me défoncer la poitrine. Il faisait une chaleur d'enfer dans la piaule, les rideaux avaient pris feu. Mais les petites n'avaient rien. On les a embarquées et on a appelé les pompiers. Quand tout a été fini, on a constaté les dégâts. Il ne restait qu'une grotte, noire comme du pain brûlé. La fille de Samia a prétendu que Chérie jouait avec un briquet et que c'était de sa faute ce qui s'était passé. Chérie m'avait juré qu'elle y était pour rien et je savais que je pouvais lui faire confiance. Mais Samia voulait rien entendre. Elle insistait pour que je rembourse les travaux et que j'envoie ma fille chez le psy. On s'est méchamment battues et une fois de plus, Chérie et moi on a préparé nos valises en moins d'un quart d'heure et on est reparties en vadrouille. Chérie avait encore sa frimousse pleine de charbon.

— Et après, vous avez fait comment ? ai-je demandé.

— On a rencontré un mec dans une boulangerie, un vieux. Il nous a demandé ce qui nous était arrivé et là, il a fallu que j'invente quelque chose. Mais je vais te confier un secret, celui de la fabrication artisanale d'un mensonge. C'est grâce à cette recette que je me suis toujours sortie des pires galères de ma vie. C'est pas sorcier en fin de compte. Tu choisis un solide morceau de réalité, tu l'ouvres et tu y greffes délicatement un détail. Ensuite, tu recouds et tu attends de voir si ça prend. Tu le laisses cicatriser dans ta tête et, sans t'en rendre compte, tu commences à l'oublier. Si la greffe est réussie, le mensonge devient un petit morceau de ton histoire. Un bon mensonge est un mensonge qu'on se raconte d'abord à soi. Et naturellement, un jour, dans une conversation, il ressort tout seul. Le mensonge a germé. Il est mûr.

« Par exemple, tu t'inventes un drame. D'abord, tu te choisis un thème plausible. Mettons : un homme t'a violée quand tu avais seize ans. Pour commencer, il faut que tu te figures une scène qui a vraiment eu lieu. Tiens par exemple, un soir où tu es rentrée à pied de chez ta meilleure amie qui n'habitait pourtant qu'à trois rues de chez tes parents. Elle avait fait une petite soirée pour son anniversaire. Et tu avais eu peur parce que sur le chemin du retour, il t'avait semblé qu'un homme te suivait. Le cœur cognant, tu avais couru jusque chez toi et tu avais claqué bien fort la porte en arrivant. Ta mère, inquiète, t'avait demandé s'il s'était passé quelque chose et toi, constatant que personne n'était sur tes pas, et te sentant un peu idiote, tu avais répondu : « Non, rien » avec un air faussement dégagé. Ça, c'est la réalité. Maintenant, opérons la greffe. Tu as toujours seize ans, tu es en train de rentrer de cette fête et les pas se rapprochent dans ton dos. Tu visualises cette impasse vide dans ce quartier bourgeois où même les chiens de race refusent de mettre le nez dehors après vingt et une heures. À un moment, une main se pose sur ton épaule. Ton cœur explose dans ta poitrine. Tu devines ce qui va se produire. Comme tous les souvenirs traumatiques, les scènes suivantes sont rapides et floues. Des scènes de viols, il y en a plein les téléfilms, alors ce n'est pas très dur, tu n'as qu'à te servir. Tu ne te souviens plus exactement du visage de ton agresseur, tu sens sa main plaquée sur ta bouche et la douleur. Fin de la greffe. Ensuite, la vérité reprend son cours. Tu cavales jusqu'à l'appart de tes parents. Tu as une tête bizarre. Ta mère t'ouvre, elle te demande s'il s'est passé quelque chose. Mais cette fois, quand tu réponds : « Non, rien » d'un air faussement dégagé, les traits de ton visage d'adolescente cachent un drame. Opération terminée. Cette histoire va te retraverser de plus en plus souvent et puis, une nuit, tu vas rêver cette scène. La greffe est en train de prendre racine dans ton subconscient. Ton corps intègre l'information dans chacune de ses cellules. Étape finale, tu finiras par en parler, par confier un soir ta fragilité à une personne que tu voudras attendrir. Ça marchera et le mensonge fera désormais partie de ton passé. Il se propagera, d'autres dans ton entourage se le refileront. « Tu savais que Raphaëlle avait été violée quand elle était ado ? » Les gens te verront différemment, changeront légèrement de ton avec toi. Leur voix sera teintée d'une lointaine admiration, celle qu'on réserve aux survivants d'une catastrophe. Et la réalité recommencera à tisser sa trame par-dessus cette anomalie qui aura un peu modifié ta trajectoire, ton avenir. Mais fais bien gaffe, Raphaëlle, c'est une technique à pratiquer avec modération. Parce qu'un bon mensonge, c'est dur à déprogrammer. Et quand ta petite tête en a enregistré un, il s'incruste plus dur qu'un morpion dans tes souvenirs. Et même, un jour, en vieillissant, tu ne sauras plus exactement, tu douteras. Est-ce que ce moment a vraiment existé ? Peu importe d'ailleurs, il fera partie de toi. Et ça tu n'y pourras plus rien.

« Bon, en ce qui concerne le vieux bonhomme de la boulangerie, je n'ai pas eu le temps de faire tout ça. Mais je lui ai quand même raconté que je faisais une sieste avec ma fille et que j'avais été réveillée par une étrange odeur de cramé. Le temps que je reprenne mes esprits, j'avais arraché ma fille aux flammes. On avait vite appris que c'était la faute d'une voisine pyromane. Le vieux nous a prises en pitié et nous a laissées squatter chez lui jusqu'à ce que je me refasse. Mais bizarrement, avec le temps qui a passé sur cet épisode, j'ai l'impression profonde d'avoir moi aussi survécu à un incendie.

17

Si le mensonge a des vertus, on ne devrait cependant pas mentir aux enfants. Les adultes de ma famille avaient fabriqué mes complexes, parce qu'ils m'avaient menti, bêtement. Petite, ma mère m'avait expliqué que mon corps allait changer. Elle me disait : « Tu verras, un jour tu porteras un soutien-gorge. » Alors j'avais attendu. Mais rien ne s'était passé. J'avais regardé ma poitrine plate avec obstination mais rien ne se produisait. Je portais effectivement des soutiens-gorge qui ne soutenaient rien d'autre que ma gorge et ressemblaient, sur moi, à des gadgets inutiles. Je constatais avec tristesse le grand écart entre la silhouette que je m'étais imaginée plus jeune et celle qui n'était plus une promesse de corps mais le corps que j'allais devoir me trimballer pour de bon. Cette image fantastique, je la traînais en moi comme un virus qui me détruisait progressivement. Le plus dur, c'était à l'approche des vacances. Ma mère, toujours soucieuse de mon bonheur, avait eu la brillante idée de m'offrir un maillot de bain rembourré. Deux petites poches de mousse faisaient office de grosse poitrine à l'intérieur. J'avais dix-huit ans et je l'avais étrenné sur une plage du Sud. J'aimais la façon dont les garçons regardaient ce mensonge quand je me levais pour aller nager. Mais une fois dans l'eau, au bout de quelques brasses, j'avais vu un coussinet s'échapper dans l'eau froide et se noyer dans une mauvaise vague. Je restais pétrifiée, ne sachant s'il fallait ressortir avec un seul sein ou jeter l'autre et me plaindre de la perte de ma poitrine quelque part dans l'eau salée. La situation n'était pas confortable. Quand le bout de mes doigts a commencé à se friper, j'ai nagé à toute blinde vers le sable et puis j'ai couru m'enrouler dans une serviette salvatrice. Je ne l'ai plus quittée de toute la journée. Ma mère s'en est beaucoup voulu. Elle m'a dit : « Ne t'inquiète pas, ma chérie, les complexes, ça passe avec le temps. Un jour, tu te trouveras très jolie. » Autre mensonge éhonté. Du coup, j'avais attendu longtemps, mais là encore, rien ne s'était passé. Je me trouvais l'élégance d'un portemanteau. Je regardais avec mépris les plis moroses de mes tee-shirts plaqués sur mon absence catégorique de seins. Mais dans le bustier de Lola, je sentais mes complexes battre en retraite. L'attitude prenait le pas sur le corps. Elle m'avait prêté ses fringues et maquillée comme une voiture volée et j'étais contente de la laisser faire. Elle avait déclaré qu'elle ressentait un besoin vital de faire la fête, quoiqu'on soit presque ruinées. J'ai ébouriffé mes cheveux du bout de mes ongles rouges. J'ai glissé dans ma poche les vingt derniers euros qu'il me restait. Leïla avait accepté de surveiller Chérie. Nous, on est sorties.

Dans le club, les gens frottaient leurs corps les uns aux autres, comme pour tester une compatibilité des peaux. Il y avait des échanges de cellules dans tous les sens, un vrai trafic de fluides corporels. Je te mets un peu de bave dans ton verre, tu sèmes quelques gouttes de sueur sur ma veste. Un incroyable festival d'ADN qui laissait sur l'épiderme des parcelles de souvenirs que les mémoires alcoolisées effaceraient dans le sommeil. Et de cette blonde à longues bottes qui embrassait à pleine bouche un type euphorique, il ne resterait demain que quelques cellules de salive sur une joue moite de fatigue.

Le genre humain communiait dans la sueur et le bruit. Je regardais ce monstre, agrégat de corps compactés, mais ne trouvais pas le courage de m'encastrer avec eux. Comme d'habitude, Lola avait choisi de se distinguer. Seule sur une table, elle dansait en oubliant les autres. Elle caressait la vie, les hanches à tout-va, et buvait à la bouteille, sous les yeux ravis d'un jeune homme boutonneux qui, une fois par semaine, balançait son argent de poche sur le bar et achetait un litre de whisky en priant pour qu'il ait des effets magiques et le transforme en prince charmant, en priant pour qu'une fille à moitié nue, irrésistiblement attirée vers lui, décide de danser les deux pieds sur sa table. Lola était sa fée clochette. Elle aurait pu essuyer la semelle de ses talons aiguilles sur sa manche, que le pauvre garçon l'aurait remerciée chaleureusement. Bien sûr, la scène était ridicule. Oui, Lola n'était qu'une icône grossière, une rock star de province, une plouc mal dégrossie. Mais vraiment, je l'enviais. Est-ce qu'elle savait qu'elle était jolie, à force d'être à l'aise ? À un moment, elle s'est retournée vers moi, ombre chinoise excessive, et m'a fait signe de la rejoindre. Impossible. Mes fesses venaient d'épouser définitivement cette banquette de Skaï. J'ai essayé de croire que je trouvais vulgaire cette façon de se donner en spectacle et qu'il valait mieux rester assise à fumer mon silence. En fait, je n'osais pas. Je pouvais sans discrétion regarder Lola exister et j'avais la sombre impression d'avoir trouvé ma place. Chacun de ses gestes comblait les lacunes des miens. Elle me complétait, elle commençait là où mes élans s'éteignaient d'ordinaire. J'étais son brouillon.

Au départ, j'avais pensé que je voulais être son amie. Et puis, j'avais franchi les étapes une à une. J'étais devenue sa confidente, sa petite sœur, son admiratrice la plus fervente. C'est cette dernière marche qui aurait dû me mettre en garde. La vérité s'est pointée sans crier gare cette nuit-là, entre une musique électronique démodée depuis le jour de sa création et la fausse hystérie d'une foule transpirante. La vérité s'est pointée avec la violence de l'inattendu, de cette invitée surprise qu'on n'avait jamais désirée à sa table. J'aurais voulu être le double de Lola, ou pire. J'aurais voulu être elle, une copie plus parfaite. Exister à sa place. Ce soir-là, il suffisait que je jette un œil à ma jupe, ridiculement courte, et à ces talons compensés qui me donnaient un air joyeusement déguisé. Tout cet attirail que j'avais accepté d'enfiler pour la joie d'être un peu moins Raphaëlle, un peu plus Lola. Et cet air emprunté qui faisait de moi aussi une rock star de province – l'aisance en moins. J'aurais préféré ne pas le savoir. Mais j'avais perdu la marche arrière. J'ai ressenti une haine immense pour cette fille qui était devenue mon centre nerveux. Elle m'empêchait de vivre. J'aurais voulu la tuer pour échanger nos rôles, me glisser dans sa peau. Mon amour pour elle changeait de couleur avec l'alcool et la fatigue.

Je me sentais coupable mais impuissante. Ses talons grotesques qui claquaient sur une vulgaire table en Formica me dégoûtaient. Quelqu'un devait lui signaler son manque d'élégance, son ridicule. Mon idole tombait en morceaux, poupée désarticulée en mal d'applaudissements. J'avais tout abandonné pour la suivre et je me demandais ce qu'on allait devenir. Elle m'a traînée vers un taxi, j'ai vomi devant la portière. Pendant une demi-heure, elle a soutenu ma tête au-dessus du caniveau, me murmurant que ce n'était pas grave, que ça allait passer. Je vomissais ma haine pour m'en débarrasser et je l'écoutais me répéter que tout irait mieux après. Je ne voulais plus la détester. Je voulais oublier mes pulsions meurtrières et m'endormir dans ses bras.

Le lendemain, elle m'a réveillée en jetant sur le lit deux petits sacs. L'un contenait une boîte d'aspirine, l'autre des croissants. Elle a agité le journal qu'elle tenait à la main et a crié : « Tous nos problèmes sont réglés. » J'ai négocié dix minutes de trêve avec mon mal de crâne. Et je me suis demandé ce qui avait bien pu peindre une telle joie sur son visage. Elle a ouvert le canard et m'a montré un article sur la résurrection du rock aux États-Unis. Comme je ne voyais pas où elle voulait en venir, elle a posé un ongle rouge sur une photo format timbre-poste en bas à gauche de la page. On y voyait un chanteur, prostré à genoux sur une scène, de grosses mèches de cheveux barrant un visage inaccessible. La légende disait : « Prestation éblouissante de Noam Longwhile, chanteur des Blood Berry. » « Il est grand temps que Chérie rencontre son père », a-t-elle ajouté. Elle avait une envie subite de valises et de grand large, de rock à l'autre bout du monde. Et les couchers de soleil avaient l'air tentant dans sa voix colorée. Restait le problème du voyage : comment traverser la planète quand on a à peine de quoi s'acheter un hamburger ? Il ne fallait pas sous-estimer Lola. Elle s'est assise à côté de moi et m'a caressé les cheveux. « Tu as l'air fatigué même quand tu te réveilles. On a bien mérité nos vacances. » L'air immobile et moi attendions la suite du programme. Il y avait un piège dans les minutes à venir et je retenais mon souffle avant que ne tombe le verdict. « Demain soir, tu iras dîner chez tes parents, un dîner de réconciliation et tu leur annonceras que tu arrêtes tes conneries, que tu veux reprendre tes études. Mais pas en France, à Chicago. Tu leur diras que tu as déjà fait ton inscription, acheté un billet et que tu es venue leur dire au revoir parce que les cours commencent bientôt. Bien sûr, ils râleront d'abord, s'étonneront de la soudaineté du projet. Mais je te fais confiance, tu sauras les convaincre que c'est la meilleure solution. Tu sauras aussi leur faire comprendre qu'il faut qu'ils t'aident un tout petit peu. Qu'ils te donnent comme des indemnités de départ après vingt-cinq ans de bons et loyaux service. "Ne vous inquiétez pas je ne pars qu'un an." Quand ton père sortira l'argent de sa cachette, tu repéreras quelques liasses qui doivent bien exister. Et quand ils iront se coucher, tu les embrasseras gentiment. Tu attendras d'entendre la porte de leur chambre claquer, leur lit se défaire sagement et tu rafleras tout ce que tu peux. Le maximum. Dès que tu reviendras, on préparera nos bagages et ciao, bye. Adieu pays pourri. »

Ses phrases se sont écrasées sur le silence. Je n'ai pas bronché. Je savais que je ferais tout ce qu'elle avait dit. Je sentais sa main jouer dans mes mèches, jouer la tendresse et la complicité. La révolte était inutile parce que, au fond, j'attendais cette aventure. Je voyais précisément le coffre de mon père, encastré dans le mur derrière un tableau, comme dans les films. Ce coffre de bourgeois prévoyant qui avait envisagé toutes les catastrophes de l'adversité. Toutes sauf celle d'avoir créé un ennemi intérieur et de finir dévalisé par sa propre fille. Mon pauvre père, César trahi. « Tu te dois ce voyage, a-t-elle ajouté. Pour être enfin libre d'eux, pour ne pas leur ressembler trop vite et hériter de cet appartement et y mourir un jour sans laisser de trace. Je sais de quoi tu es capable si on te laisse l'occasion d'exister. Tu ne vas pas commettre un crime, c'est de la légitime défense contre tes gènes, une évasion salutaire. Et puis, on sera ensemble. » Elle venait de clore le débat, parce qu'elle me connaissait trop bien maintenant et qu'elle avait mis les bonnes images à la bonne place dans le puzzle trop facile de mon esprit. Je me suis amarrée de toutes mes forces à ses mots : « légitime défense ». Et j'ai attendu toute la journée que sonne l'heure de la catastrophe, celle du dîner.

J'avais prévenu la bonne que je serais là ce soir. Lola s'affairait, joyeuse comme une gamine, préparait des valises que je n'avais pas le courage de faire. « Tu parles anglais ? Tu crois qu'on a besoin d'emporter un dictionnaire ? » Elle est partie chercher Chérie chez Leïla sous la pluie. L'automne récupérait ses droits et je m'apprêtais à faire basculer mes lendemains. Je n'étais ni triste, ni inquiète, ni gaie. J'étais déterminée, tout mon système nerveux relié à l'idée de ce scénario que je devais accomplir sans erreur. Je repensais à ce que m'avait appris Lola sur la fabrication d'un mensonge. J'ai ouvert ma mémoire et j'y ai délicatement greffé quelques souvenirs, ceux de la préparation d'un départ. J'ai imaginé le prospectus d'une université de Chicago, le dossier d'inscription au cours de géopolitique. J'ai écrit dans ma tête la lettre de motivation et attendu que tombe la réponse. J'ai jubilé en décachetant une enveloppe qui m'annonçait que « vous avez été admise mademoiselle ». Ensuite, j'ai recousu par-dessus et j'ai laissé reposer, en priant pour que cette plaie se referme avant le dîner et que mes parents ne repèrent pas une cicatrice louche sur mon front.

Je suis arrivée à l'heure pour passer à table. J'ai eu de la tendresse quand je les ai vus, assis tous les deux le visage inquiet. J'ai compris qu'ils s'attendaient à ce que je commette encore un attentat contre leur tentative de bonheur.

Mon père m'a dit : « Ravis de te revoir, Raphaëlle. Nous n'espérions plus avoir de tes nouvelles. Qu'est-ce qui nous vaut l'honneur ? Tu as besoin d'argent ? »

J'ai deviné que cette provocation était sa seule manière de manifester son désespoir. Je me sentais mal, mauvaise, indigne. Et j'allais encore les abîmer. Je me suis attablée devant une assiette de potage.

— Je regrette ce que je vous ai fait, j'ai dit sincèrement. J'étais perdue, j'avais besoin de relâcher un peu la pression, de me lancer dans une entreprise idiote au moins une fois dans ma vie.

J'ai vu leurs visages se détendre et l'amour envahir leurs yeux de parents fiers. Deux jeunes femmes se battaient dans ma tête, gants de boxe aux poings. L'une défendait les couleurs de Lola et le voyage, l'autre voulait oublier tout ça et redevenir une gentille fille à papa. Pour le moment, la seconde se débrouillait pas mal, elle testait son crochet du droit.

— C'est bien de reconnaître que tu fais des erreurs, tu comptes donc cesser de travailler dans cet endroit stupide.

— J'ai déjà démissionné.

— Ah, tant mieux, je serais morte de honte si une de mes connaissances, par un mauvais hasard, t'avait aperçue là-bas, a répliqué ma mère.

Ça a fait comme un gros uppercut dans le menton de la fille à maman. Et celle qui défendait Lola a repris du poil de la bête. Forcément, elle savait mieux se battre que l'autre. Si je restais ici, j'allais recommencer à vivre dans le monde des images, un monde où tout était sous surveillance des voisins, où il ne fallait rien faire pour se démarquer. Lisser, lisser, glisser sur la surface des jours sans faire trop de bruit. Je ne pouvais plus supporter cette idée.

— Maintenant qu'on peut parler sérieusement, ton père a un ami notaire, un monsieur très bien, qui accepterait de te prendre en stage. Et qui sait, si ça se passe bien, tu décrocheras peut être un CDI.

Les mots « notaire » et « CDI » ont déclenché chez moi une sérieuse envie de vomir. Celle qui défendait Lola s'est révoltée contre cette possibilité et a envoyé l'autre au tapis d'un coup de poing définitif. Victoire par K.-O.

— Non, en fait, j'ai d'autres projets, ai-je répliqué.

Leur expression s'est à nouveau crispée. Je leur ai dessiné mon futur. J'arrivais parfaitement à utiliser les souvenirs en préfabriqué que je m'étais fait livrer le matin même. Une cuillère pour papa, une cuillère pour maman. Ils ont gobé toute mon histoire. À la fin de l'exposé, mon père sautillait presque sur sa chaise, ma mère soupirait d'aise, imaginant ce qu'elle allait pouvoir raconter à ses amis au prochain salon de thé. Mon cœur à moi avait cessé de battre. J'avais choisi mon camp. Ensuite, j'ai appliqué le plan à la lettre, mécaniquement. J'ai attendu la fin du dîner, que l'on débarrasse le café, les tasses de porcelaine. Ils m'ont embrassée pour me dire bonne nuit. Quand j'ai reçu le signal, le bruit des draps froissés, je me suis introduite sur la pointe des pieds dans le bureau de mon père. J'ai décroché le tableau, récupéré la clé cachée dans le premier tiroir en m'étonnant de leur naïveté, et j'ai ouvert. Il y avait largement de quoi s'envoler loin. J'étais étonnée de n'avoir pas trop peur. Mon cœur était bien à l'arrêt. Quand j'ai remonté mon butin, Lola a poussé un cri de joie qui m'a écœurée. Je lui ai jeté les liasses et je me suis allongée toute habillée. Coma.

18

Maintenant je la suivais comme le soleil. Nos destins étaient liés parce qu'on avait commis le mal ensemble. Et quelque part, c'était rassurant. Même si elle avait voulu se débarrasser de moi, elle ne le pouvait plus parce qu'une force supérieure nous attachait l'une à l'autre : la justice. Et ça, ça nous faisait comme des liens du sang, un truc indestructible contre lequel on ne pouvait pas grand-chose. Le crime avait tissé entre nous une histoire commune. On avançait comme des robots, suivant notre plan à la lettre, l'instinct de survie inscrit dans les rouages. On a acheté nos billets au comptoir et j'avais imaginé que ce moment serait joyeux, que l'heure du départ serait un soulagement, une manière de tout effacer derrière pour aller mieux en terrain neutre. Mais non, on agissait toujours comme des coupables et le présent pesait trop lourd pour laisser à un éventuel lendemain la chance de nous faire rigoler d'avance. Elle a sorti quelques billets de son sac à main, les a recomptés rapidement et les a posés sur le comptoir en détournant le regard, comme pour dire à l'hôtesse, qui s'en moquait éperdument, qu'on ne méritait pas notre rédemption. L'hôtesse a enregistré tout ça dans sa machine à fabriquer l'avenir et nous a tendu trois allers simples vers nos nouvelles vies. Lola les a rangés avec nos passeports dans son sac. Et je lui ai dit à voix basse : « Fais pas cette tête. On a gagné, après tout. » Mais son sourire était une grimace en sursis. On a quitté le guichet l'échine basse, et ce moment ne ressemblait plus du tout à ce que j'avais imaginé. On a acheté des chewing-gums pour ne pas avoir trop mal aux oreilles dans les airs, et des magazines féminins pour que le temps se perde entre les jambes des mannequins. Moi, je ne pouvais pas nier l'excitation qui me montait à la tête comme une ivresse nouvelle. Je savais que là-bas, j'allais respirer un air à zéro souvenir et commencer la vie que je méritais. Aventurière, expatriée, livrée à tous les possibles. J'inventais pour Lola nos premiers pas américains comme s'il était question de la lune. En terre promise, on se trouverait un petit boulot et, dès notre premier salaire, on foncerait sur la Cinquième Avenue assassiner nos économies. On dégoterait une robe pour Chérie, on jouerait les Cosette de luxe. Jusqu'à ce qu'on retrouve Noam. Lui, il serait évidemment heureux de découvrir l'existence de sa fille et ouvrirait grand ses bras à sa Lola bien-aimée, perdue et retrouvée. Mais à chaque phrase, je me heurtais à son sourire plastique. Et mon enthousiasme se teintait de malaise. Je regardais ma montre toutes les secondes. Une heure avant le grand moment. On s'est assises dans un café, Lola avait les yeux dans sa tasse.

— Y a quelque chose qui ne va pas ? je lui ai demandé.

— Non, rien. Je suis juste pressée qu'on ne soit plus jamais ici.

— Mais t'es contente qu'on parte toutes les trois ?

Elle a passé une main tendre dans mes cheveux. « Oui, bien sûr. » Ensuite elle a dit qu'elle emmenait Chérie aux toilettes, que je n'avais qu'à les attendre ici. J'ai vu leurs deux silhouettes s'éloigner et je me suis dit qu'elles avaient la même démarche toutes les deux, le bassin comme un métronome, tic tac, un coup à gauche, un coup à droite. Et j'ai attendu. L'aéroport s'agitait autour de moi, c'était toute une valse de valises emportant avec elles un peu d'ailleurs. J'ai attendu, joyeuse. Et puis j'ai attendu, inquiète. Douze minutes qu'elles étaient parties. On allait finir par le rater, cet embarquement. Et je me disais que ce serait bien con d'avoir échappé au pire pour louper le départ. Au bout de vingt minutes, je balisais carrément. Je n'avais même pas de quoi régler nos cafés pour aller voir si quelque chose clochait aux chiottes. Je me disais que mes parents avaient peut-être compris, qu'ils avaient lancé quelqu'un à nos trousses, des flics ou allez savoir qui. Je voyais mes deux acolytes, les mains dans le dos avec des bracelets définitifs autour des poignets. Ce n'était pas possible de s'absenter si longtemps pour rien. Ma tête balançait entre plusieurs hypothèses. Chérie avait pu faire un ultime caprice et réclamer un paquet de Petit Lu. En même temps, ce n'était pas trop le genre de Chérie de s'énerver pour rien. Mon dialogue intérieur allait bon train. Et puis, une voix satinée a annoncé dans les haut-parleurs le début de notre embarquement. « Les passagers du vol 717 sont priés de se rendre porte 22. » J'ai profité qu'un groupe de voyageurs était en train de payer pour me barrer en douce, mon petit sac à la main. J'ai couru jusqu'à la bonne porte. Je bousculais mille personnes. Pardon, excusez-moi. Dévisageant la foule avec le regard d'une folle. J'avais du brouillard plein la tête. « Les passagers du vol 717 sont priés de se rendre... » et cette voix qui continuait à appeler dans le désert, à nous ordonner de nous rendre. Elles n'étaient pas là. Ni aux toilettes, ni au café, ni à cette foutue porte. J'étais à bout de souffle, à bout de nerfs, au bord des larmes. J'aurais voulu vérifier qu'elles n'étaient pas dans l'avion. L'hôtesse m'a dit, presque amusée : « Mademoiselle, vous n'avez ni billet, ni passeport. » Mais où est-ce que tu es Lola ? « Calmez-vous mademoiselle. » Je hurlais. « Les passagers du vol 717. » Putain, Lola, où est-ce que t'es ? Laissez-moi passer, il doit y avoir une erreur. Je dois monter dans cet avion. Le brouillard s'épaississait dans mon crâne. Laissez-moi, je vous dis que je suis attendue, putain. Deux mecs en uniforme se sont pointés. Sécurité. Pas d'esclandre ici. Lola, réponds-moi. Je veux pas finir en taule. Réponds, t'es où ? J'étais presque soulagée qu'on m'encadre, qu'on me soutienne. Je me suis laissé porter par ces deux hommes, représentants fiables de l'ordre républicain. « Dernier appel, les passagers du vol 717... » Là, je me suis évanouie.

Épilogue

Le boulevard Barbès jouait toujours les hystériques. Je suis arrivée chez Augustine et je me suis posée au zinc. Je pensais que la vieille serait étonnée de me voir là. Elle a juste levé un sourcil en me voyant m'installer, puis elle a posé un expresso devant moi. Elle s'activait de table en table sans s'arrêter à ma hauteur. Je me suis même demandé si elle me reconnaissait. Elle avait l'air agacée de me voir là. J'étais un peu comme un insecte qu'elle aurait voulu chasser d'un geste. Mais j'avais tout mon temps et je savais que je l'aurais à l'usure. J'ai siroté mon café en regardant les clients partir un à un. Le dernier a claqué la porte. Il ne restait qu'Augustine et moi. La vieille a astiqué quelques verres déjà propres. Je guettais ma proie en silence, attendant le moment de faiblesse. D'un coup, elle a jeté son torchon et elle m'a dit : « Qu'est-ce que tu me veux, la petite ? T'es quand même pas venue me demander des comptes à moi ? » Je n'ai rien dit, la laissant se débattre avec ce silence qui pesait de plus en plus lourd. « T'étais pas une bavarde. Je vois qu'il y a des choses qui ne changent pas. Mais qu'est-ce que tu veux que je te dise. Je veux bien croire qu'avec Lola, l'addition a été salée. Mais elle est comme ça, cette fille. Elle sème des catastrophes et elle se barre toujours avant la récolte. J'imagine qu'elle t'a plantée juste avant le départ. Comme les autres. » La phrase m'a fait l'effet d'un sympathique uppercut au niveau du sternum.

En fait, j'avais imaginé beaucoup de choses depuis mon décollage raté. Il faut dire que j'avais eu le temps, cloîtrée dans cette chambre blanche pendant cinq semaines. La vie en cure de repos n'était pas dérangée par les événements extraordinaires. Les fous y coulaient des jours aussi tranquilles que réguliers. J'avais attendu encore, persuadée qu'elle allait me faire un signe, qu'elle pourrait tout m'expliquer, comme quand elle avait disparu après *Mariage 2000*. Je pensais que c'était encore une histoire de film d'espionnage. Mais je n'avais de contact qu'avec mes parents. Tous les week-ends, ils pointaient leur mine préoccupée. Ils parlaient longuement, avec les psychiatres, de mon rétablissement. La théorie officielle, c'est que j'étais tombée sous la coupe d'une malfrat dangereuse. Théorie confirmée par la police parce que Lola avait un casier judiciaire épais comme une Bible. Vol à répétition, violence sur la voie publique, consommation régulière de substances illicites. Moi, gentille, bourgeoise, fragile, je m'étais laissé embarquer par cette arnaqueuse professionnelle. J'étais une simple victime, mes parents avaient eu la gentillesse de ne pas porter plainte contre moi, d'autant qu'il n'y avait même pas d'effraction à la clé. « On va arranger tout ça », répétait mon père en bon champion de la méthode Coué. Il s'agissait juste que l'affaire ne s'ébruite pas. Vis-à-vis des voisins, ce petit incident faisait désordre dans la vitrine. Toute l'équipe qualifiée s'appliquait donc à me refaire une virginité morale. Moi, j'évitais de m'étendre sur ce quiproquo. Je savais bien que Lola n'était pas du tout la fille qu'on me décrivait, qu'elle était juste née dans un contexte difficile et qu'elle n'avait pas eu d'autre choix. Mais mieux valait ne pas développer mes théories sociologiques, histoire de quitter plus vite cet univers pasteurisé. Je faisais pénitence en silence, n'osant pas demander ce qu'il était advenu d'elle. Je ne doutais pas que le jour de ma sortie, elle saurait me faire signe et qu'on trouverait le moyen de reprendre notre scénario là où on l'avait laissé.

Et puis, il y a dix jours, on m'avait relâchée. J'avais juré sur toutes les têtes de ma famille que j'étais redevenue la moi d'avant. Pas de trace de Lola à l'horizon, j'imaginais qu'elle se faisait discrète encore un peu pour qu'on ne la repère pas. Deux heures plus tôt, mes parents m'avaient permis d'aller boire un verre avec mon amie Carole et je m'étais jetée dans un taxi pour accourir au seul endroit où l'on pourrait me parler de Lola, au bar d'Augustine. Subitement, mes convictions venaient de se noyer dans la petite phrase de la vieille. Mais j'hésitais encore à pousser la porte de la vérité, pressentant une sale douleur.

« On devait partir aux États-Unis pour retrouver Noam. Chérie et elle ont disparu à l'aéroport. » Augustine a levé les yeux au ciel avec cet air de dire « ma pauvre amie » et autant de points de suspension. Elle a posé un tabouret à côté du mien et a péniblement soulevé ses montagnes de chair pour s'asseoir. « Je connais Lola depuis dix ans. C'était encore une môme quand elle a commencé à traîner dans le coin. Mais elle avait déjà le vice entre les côtes. Moi, j'avais pitié de la gosse mais elle n'a jamais rien fait de bien brillant. Elle collectionne les galères comme d'autres les timbres-poste. Qu'est-ce que tu veux que je te dise, on ne peut pas la récupérer celle-là. Et toi, tu avais vraiment la tête de l'emploi. Dès la première fois où je t'ai vue rentrer avec elle, j'ai su qu'elle n'allait faire qu'une bouchée de toi. Mais il y a deux ou trois trucs qu'il faut que tu saches, des trucs qu'elle m'avait interdit de te raconter. Elle a dû te dire que Chérie était la fille de Noam, le chanteur des Blood Berry et qu'elle l'avait laissé partir sans lui dire pour la petite parce qu'elle ne voulait pas mettre un frein à sa carrière, c'est ça ? » J'ai acquiescé parce que c'était la seule chose que je pouvais encore faire. « En fait, elle s'est fait sauter par le bassiste, un espèce de loser qui s'appelait Kevin, je crois. Elle a essayé de lui faire reconnaître la môme, elle voulait qu'il lui passe la bague au doigt. Elle y croyait à fond, elle préparait la fête. Et puis, à quinze jours de la noce, le type s'est tiré avec une autre donzelle. Il est parti aux Amériques, sans trop laisser d'adresse. » J'ai senti ma mâchoire se décrocher et tomber en miettes sur le bar. Je me refaisais le film à l'envers, retouchant toutes les scènes. « C'est sûrement à cause de ça qu'elle en veut tellement aux hommes, a poursuivi Augustine. Imagine, elle s'est retrouvée à Paris, sans mec, sans boulot et avec une môme sous le bras. C'est pour ça qu'elle tenait tant à travailler à *Mariage 2000*. Comme un compte à régler avec son vilain passé. Mais elle n'a jamais lâché l'idée d'aller un jour aux États-Unis. Moi, je pense qu'elle t'a arnaquée, c'est tout, rien à ajouter. En même temps, t'es pas finaude, t'aurais pu t'en douter. Ahmed, Samia, Cindy, tous ceux qui ont croisé sa route ont fini par lui en vouloir. Ça ne peut pas être un hasard. Nous, on la supporte parce qu'on l'a vue grandir, qu'elle fait partie du décor. Mais avec ses manières, à faire tout le temps l'intéressante, personne ne l'aime trop, la petite Lola. Ce qui s'est passé avec Cindy, c'était inévitable. Mais j'imagine bien qu'elle ne t'a pas raconté toute la vérité. Cette Lola qui se mêle de tout, le soir après la dernière réunion, Cindy lui a passé un coup de fil et lui a demandé de la rejoindre parce qu'elle avait un truc important à lui dire. Elles se sont retrouvées dans un restaurant de Magenta, plus bas. Cindy était avec son nouveau Jules, un type pas mal du reste. Et tu sais, Cindy a déjà foiré deux tentatives de mariage. Mais cette fois, elle a dit à Lola que c'était le bon, qu'ils allaient faire leur vie ensemble et qu'elle comptait quitter *Mariage 2000* dès le lendemain pour s'installer à Bordeaux avec son homme. Elle l'a même fait venir pour le présenter à Lola. Mais elle, elle n'a pas supporté la nouvelle. Au départ, elle n'a rien dit. Ensuite elle a voulu démontrer à Cindy que son mec était une raclure comme les autres. Ils étaient tous les trois dans un rade. Lola lui a fait son petit cinéma, un sourire par-ci, un peu de pied sous la table par-là. Ah ça, on peut dire qu'elle sait y faire. Tout ça buvait gentiment. Et puis, à un moment, Cindy est partie aux toilettes et l'autre en a profité pour rouler un gros patin au pauvre nigaud qui s'était laissé embobiner. Le spectacle n'a carrément pas plu à la poupée Barbie, mais ça je peux comprendre. Elle a voulu frapper Lola qui l'a arrêtée en criant qu'elle faisait tout ça pour son bien et qu'il valait mieux qu'elle se rende compte tout de suite que ce type était un minable comme les autres, qu'il allait la tromper, la rendre malheureuse, puis la quitter. Cindy a ramassé son mec un peu rond, qui ne comprenait plus rien à ce bazar. Et elle a claqué la porte. Le soir même, en partant, elle a laissé une lettre à Gérard pour se venger. Au fond, Lola dit qu'elle veut aider les autres, mais ce que je crois, moi, c'est qu'elle ne supporte pas que ceux qui l'entourent soient heureux, alors qu'elle n'y arrive pas. »

J'ai ausculté mes sentiments, bien décidée à faire le tri dans la jungle de frissons qui me labouraient le corps. J'ai cherché ma haine, ma violence, mon envie de vengeance. Mais je n'ai rien trouvé de tout ça. Je comprenais trop bien la jeune Lola paumée, l'ancienne, la provinciale. Une Lola qui me ressemblait un peu, qui manquait les buts qu'elle s'était fixés, rêvait du grand Noam et finissait abandonnée par le gros Kevin, une Lola que les gens n'aimaient pas tant dans le fond et qui se donnait tellement de mal pour être forte et ne pas redevenir la pauvre fille de Montpellier, larguée par la vie. Elle avait, après coup, reconstruit une histoire plus gaie, l'avait intégrée, digérée, apprivoisée. Cette histoire plus douce avait pris racine dans son inconscient. Dans ses rêves, elle croisait désormais le visage de Noam, penché vers elle, lèvres tendues. Je t'aime Lola. Une petite phrase qui sonnait bien. Elle s'était solidement attachée à cette seconde version. Qui pouvait lui en vouloir ?

J'ai allumé une cigarette, je tirais de longues bouffées. J'ai regardé le rouge de mes ongles écaillés. Et ça m'a fait sourire. À la clinique, ils avaient insisté pour que je l'enlève.

Merci à Guillaume Robert pour sa confiance.
Merci à Ariel Kenig et Lolita Pille pour leur soutien.

www.myspace.com/audreydiwan

DANS LA MÊME COLLECTION

Renaud Ambite	Sans frigo	6599
Anthologies sous la	Disco Biscuits	5296
direction de Sarah Champion	Disco 2000	5798
Asia Argento	Je t'aime Kirk	6396
Ayerdhal	Demain, une oasis	5603
Mehdi Belhaj Kacem	Cancer	5153
Karin Bernfeld	Alice au pays des femelles	6349
Bessora	53 cm	5932
–	Les taches d'encre	6348
Vincent Borel	Un ruban noir	5737
Grégoire Bouillier	Rapport sur moi	7291
Poppy Z. Brite	Le corps exquis	5295
Arnaud Cathrine	Les yeux secs	5155
Guillaume Chérel	Les enfants rouges	6563
Valérie Clo	Encore un peu de patience	6821
Bernard Comment	Même les oiseaux	5541
Florent Couao-Zotti	Notre pain de chaque nuit	5540
Dominique Cozette	Quand je serai jamais grande	6969
Virginie Despentes	Baise-moi	5294
–	Les chiennes savantes	4580
–	Les jolies choses (prix de Flore 1998)	5460
Ilan Duran Cohen	Chronique alicienne	5608
–	Le fils de la sardine	7486
Guillaume Dustan	Nicolas Pages (prix de Flore 1999)	5903
–	Génie divin	6326
Dave Eggers	Une œuvre déchirante d'un génie renversant	6530
Patrick Eudeline	Ce siècle aura ta peau	6033
Rochelle Fack	Les gages	5468
Éric Faye	Parij	5156
Emmanuel Fille	Arthur la balade du perdu	4784
Tibor Fischer	Sous le cul de la grenouille	5298
Claire Frédric	Kérosène	4578
–	La môme	4862

–	Mirror	5467
Iegor Gran	Ipso facto	5151
–	Acné Festival	6058
Thomas Gunzig	Il y avait quelque chose dans le noir qu'on n'avait pas vu	5542
–	À part moi, personne n'est mort	6159
Scott Heim	Mysterious skin	8431
Éric Holder	L'homme de chevet	4575
Michel Houellebecq	Extension du domaine de la lutte	4576
–	Les particules élémentaires	5602
–	Poésies	5735
Jean-Claude Izzo	Les marins perdus	4841
Sophie Jabès	Alice, la saucisse	7554
	Caroline assassine	7926
–	Clitomotrice	8255
Philippe Jaenada	Le chameau sauvage (prix de Flore 1997)	4952
–	La grande à bouche molle	6493
John King	Football factory	5297
Denis Lachaud	La forme profonde	7292
Hadrien Laroche	Les orphelins	8087
Lola Lafon	Une fièvre impossible à négocier	7485
Fouad Laroui	Les dents du topographe	5539
Patrick Lapeyre	La lenteur de l'avenir	2565
Éric Le Braz	L'homme qui tuait des voitures	6651
Guillaume Le Touze	Dis-moi quelque chose	6968
–	Tu rêves encore	8223
Claire Legendre	Making of	5469
Marie-Dominique Lelièvre	Martine fait du sentiment	5802
Thomas Lélu	Je m'appelle Jeanne Mass	8256
Simon Liberati	Anthologie des apparitions	8107
Pascal Licari	Grande couronne	5154
Jean-Marc Ligny	Jihad	5604
Mathias Malzieu	Maintenant qu'il fait tout le temps nuit sur toi	8136
Patrícia Melo	O Matador	5361
Nike McDonell	Douze	7843
Pierre Mérot	Mammifères	7748
Francis Mizio	Domo Dingo, la vie domotique	5607

–	L'Agence Tous-Tafs	6278
Hélène Monette	Unless	5471
Bernard Mourad	Les actifs corporels	8405
Maxime-Olivier Moutier	Risible et noir précédé de Potence Machine	5537
Valérie Mréjen	Trois quartiers	7713
Philippe Nassif	Bienvenue dans un monde inutile	6889
Lorette Nobécourt	La démangeaison	4906
–	Substance	6487
Nicolas Pages	Je mange un œuf	7555
Christophe Paviot	Les villes sont trop petites	6139
–	Le ciel n'aime pas le bleu	6890
Pascal Pellerin	Tout m'énerve	6070
–	Tout va bien	6724
Daniel Picouly	La lumière des fous	4772
Bénédicte Puppinck	Satine	8327
Cyrille Putman	Premières pressions à froid	7963
Vincent Ravalec	Cantique de la racaille (prix de Flore 1994)	4117
–	Vol de sucettes, recel de bâtons	4579
–	La vie moderne	4842
–	Nostalgie de la magie noire	5152
–	Un pur moment de rock'n roll	4261
–	Treize contes étranges	5799
–	L'effacement progressif des consignes de sécurité	6694
Nicolas Rey	Treize minutes	5605
–	Mémoire courte	6813
–	Un début prometteur	7735
–	Courir à trente ans	8004
Corinne Rousset	Ils ont changé ma chanson	7666
Anna Rozen	Plaisir d'offrir, joie de recevoir	5944
–	Méfie-toi des fruits	6749
Murakami Ryû	Les bébés de la consigne automatique	5024
Régis de Sá Moreira	Pas de temps à perdre	6786
Ann Scott	Asphyxie	4893
–	Superstars	6194
–	Le pire des mondes	7628
–	Héroïne	8205
Minna Sif	Méchamment berbère	5470

Nicolas Sirkis	Les mauvaises nouvelles	8430
Valérie Tong Cuong	Big	4773
–	Où je suis	7873
–	Ferdinand et les iconoclastes	7874
Alain Turgeon	Gode blesse	5538
Louis-Stéphane Ulysse	Toutes les nouvelles de mon quartier intéressent le monde entier	4577
–	La mission des flammes	4953
Cécile Vargaftig	Frédérique	3773
Alain Wegscheider	Mon CV dans ta gueule	6279
Florian Zeller	Neiges artificielles	7318
–	Les amants de n'importe quoi	7319
Luc Ziegler	Damnation	4901

NOUVELLE GENERATION

8641

Composition Nord Compo
Achevé d'imprimer en France (La flèche)
par Brodard et Taupin
le 11 mars 2008. 46242
Dépôt légal mars 2008. EAN 9782290004890

Éditions J'ai lu
87, quai Panhard-et-Levassor, 75013 Paris
Diffusion France et étranger : Flammarion